本书受平顶山学院"伏牛山文化圈研究中心"、平顶山学院河南省重点学科"广播电视艺术学"资助出版

犹太女性
生存困境的
文化阐释

Jewish women

李沁叶 ◎ 著

中国社会科学出版社

图书在版编目(CIP)数据

犹太女性生存困境的文化阐释/李沁叶著. —北京：中国社会科学出版社，2019.1
ISBN 978-7-5203-4006-9

Ⅰ.①犹… Ⅱ.①李… Ⅲ.①犹太文学—女性—人物形象—小说研究②阿摩司·奥兹—小说研究 Ⅳ.①I106.9②I382.074

中国版本图书馆 CIP 数据核字(2019)第 017282 号

出 版 人	赵剑英
责任编辑	熊　瑞
责任校对	夏慧萍
责任印制	戴　宽

出　　版	中国社会科学出版社
社　　址	北京鼓楼西大街甲 158 号
邮　　编	100720
网　　址	http://www.csspw.cn
发 行 部	010-84083685
门 市 部	010-84029450
经　　销	新华书店及其他书店
印　　刷	北京明恒达印务有限公司
装　　订	廊坊市广阳区广增装订厂
版　　次	2019 年 1 月第 1 版
印　　次	2019 年 1 月第 1 次印刷
开　　本	710×1000　1/16
印　　张	14.75
插　　页	2
字　　数	159 千字
定　　价	58.00 元

凡购买中国社会科学出版社图书，如有质量问题请与本社营销中心联系调换
电话：010-84083683
版权所有　侵权必究

目 录

序 …………………………………………………………（1）

自序 ………………………………………………………（1）

绪论　阿摩司·奥兹及其作品国内研究概况 …………（1）

第一章　阿摩司·奥兹女性想象的自觉 ………………（14）
  一　男作家与女性想象的自觉 ………………………（15）
  二　个人体验与创作动机 ……………………………（17）
  三　特殊的前理解结构 ………………………………（19）
  四　创作实践：女性婚恋主题贯穿始终 ……………（27）

第二章　贫瘠土地上枯萎的花朵 ……………………（33）
  一　于匮乏与恐惧中生存的犹太人 …………………（33）
  二　严霜中凋零的娇花 ………………………………（39）
  三　被规约、被凝视的消费主义者 …………………（43）

四　怜悯与同情表层下的恋母、弑父倾向 …………………（52）

第三章　囚笼中的厄勒克特拉 ……………………………………（61）
　　一　管窥：《了解女人》中的畸形父女 …………………………（61）
　　二　两种表现 ……………………………………………………（71）
　　三　被控制、被操纵与主体性的被剥夺 ………………………（75）

第四章　叛逆了的"家庭中的天使" ………………………………（81）
　　一　犹太传统中的女性地位与角色规范 ………………………（81）
　　二　叛逆的天使 …………………………………………………（88）
　　三　觉醒与突围 …………………………………………………（89）
　　四　权力的生产性与女性的边缘化益处 ………………………（93）

第五章　受创的单恋者 ……………………………………………（105）
　　一　被迫移居锡安山的犹太人 …………………………………（106）
　　二　散存结构中的文化同化 ……………………………………（109）
　　三　认同与认同危机 ……………………………………………（113）
　　四　自然性同化与文化认同过程中的身份特征再造 ……（127）
　　五　《忽至森林深处》：管窥被拒、被虐的历史 ………………（129）
　　六　犹太女性的心理创伤 ………………………………………（146）

第六章　犹太复国主义话语中的他者 ……………………………（155）
　　一　犹太复国主义 ………………………………………………（155）
　　二　主流话语的疏离者 …………………………………………（158）

  三　阶层区隔中的边缘人 …………………………（165）

第七章　与被沉默者对话 ………………………………（179）
  一　主体性困境与主体间性的提出 ………………（179）
  二　倡导对话的奥兹 ………………………………（185）

结语　女性镜像与自我确认 ……………………………（209）

主要参考文献 ……………………………………………（211）

后记 ………………………………………………………（219）

序

沁叶的学术专著《犹太女性生存困境的文化阐释》是一部用心之作,说其用心,一是因为该书是作者长期潜心研究和思考的结晶,不是那种胡编乱造、为了评职称之需的功利之作,研究态度是严谨认真的;二是术有专攻,作者具有外国文学的良好背景,学术训练和文学研究的功底较为扎实,为驾驭这个选题创造了必要条件。总体上来看,该书达到了较高的学术水准,研究比较深入具体,资料翔实可靠,尤其是中英文资料丰富完整,是一部有一定学术含量的外国文学研究专著。

俗话说,十年磨一剑。时下功利主义风气较为盛行,学术研究也难免染上功利主义色彩,为了一时之需而进行所谓的学术研究,使得搞学术的人很难静下心来深入思考,由于急于出版和发表,很多研究经不住推敲,资料东拼西凑,结论相互雷同。沁叶能够甘于寂寞,不去赶时髦,静下心来专注于自己感兴趣的研究领域,这是值得肯定的。本书在许多方面体现了这个特点。

犹太民族的历史是一部充满了苦难与心酸的历史,经历过民族大流散，后又重回家园，重建民族和国家，由犹太民族和阿拉伯民族的矛盾纷争而形成的巴以冲突，长期以来成为国际争端的热点问题，但这个热点只是限于国际政治、外交和军事领域，也是大国之间进行战略博弈的舞台。对于文学而言，犹太民族文学虽然具有悠久的历史，也出现过许多伟大的作家、诗人，但放在世界文学格局来看，犹太民族的文学显然不属于热点话题，人们对犹太民族及以色列这个中东小国的关注更多还是限于政治上、军事上、经济上和科技上，在这些领域犹太民族显示出了卓越的成就，在世界上具有举足轻重的地位。相反，在文学领域，犹太文学显然不是文学研究的"显学"，远远不如其他大国文学尤其是西方国家文学的受关注程度高，但这并不意味着犹太民族文学取得的成就不高，不值得做深入研究，而是相比较而言，犹太民族文学的研究还不能算是文学研究中的热点领域。正因为如此，沁叶的专著《犹太女性生存困境的文化阐释》显得更加难能可贵，正因为研究的人少，更容易出新意，避免低水平的重复研究。

该书的研究对象是被称作以色列当代作家中最有可能获得诺贝尔文学奖的著名作家阿摩司·奥兹，其作品代表了犹太民族获得过多个国际文学大奖以及文学的成就。阿摩司·奥兹的文学创作是犹太民族悠久历史与社会文化的反映，是用文学形成书写的国家和民族的历史，具有极高的历史价值、社会价值和文学价值。同时，阿摩司·奥兹具有欧洲文化和希伯来文化双重背景，又是一个卓越的社会活动家，他反对一切形式的暴力主义，追求和平与民族和解，被称作反宗教原教旨主义和极端主义的"勇敢的斗士",其思想代表了犹太民族中的温和势力,赢得了国际社会的普遍赞誉,其作品也受到广泛欢迎。对于这样的作家作品的研究是非常不容易的,因为其创作不仅涉及文学层面的问题,还涉及历史层面、政治层面、宗教层面和社会层面的问题,意味深邃悠远、现实感突出、思想内容复杂多样,要驾驭和把握这样的作品是非常困难的。沁叶的研究从"细读"入手,深入到具体作品中去解析其所反映和折射出的社会、历史、现实和宗教等复杂问题,并且由民族、社会、个人、家庭上升到国家关切,如该书中涉及女性的视角、家庭的视角、社会的视角、文化认同的视角、宗教文化的视角、个体身份的视角等,这样的文学研究自然上升到一个比较高的维度,视野也就更为广阔和宏大。

该书的研究方法也值得称赞。该书没有就文学论文学,而是把成熟的社会理论方法用于文学作品的分析中,如哲学的主体间性理论、文化学的文化认同理论、解释学的前理解理论等。除此之外,该书还涉及精神分析学、话语理论等,这使得研究具有较为完整的理论框架和体系结构,避免了散漫式和经验式研究,也使该书具有了一定的理论深度。当然,该书也存在不足的地方,比如绪论部分的国内研究概况,较多引述硕士生的论文作为研究资料,这是不妥当的。瑕不掩瑜,这些不足并不影响该书的学术质量。

沁叶现在跟我攻读文化产业管理博士学位,读博三年以来,虽然动手能力不是很突出,但认真严谨,态度端正,可谓兢兢业业。文化产业管理和她之前从事的外国文学研究应该是差距较大的，但她具有良好的知识储备、踏实的学习态度和扎实的理论功底，无论从事什么研究，她都会很快走上正道，找到自己的研究方向。希望她能以此为起点，今后取得更多的学术成果。

是为序。

张胜冰

2018年7月26日于中国海洋大学文学与新闻传播学院

自　序

当代犹太女性依然面临种种严峻的生存问题，这些问题产生于犹太社会文化的变迁过程，并高度集中地反映了犹太文化的丰富内涵。犹太文化源远流长，但2000年的漫长大流散历史使犹太人散存于异质文化中，并表现出固守民族传统与认同客居地文化两种倾向。不间断的冲突与融合成为犹太文化与客居地文化间关系的常态，随着时代的变迁，犹太文化逐渐具备了世界文化的典型特征。因此，从社会文化层面解读当代犹太女性的生存困境，可以对犹太传统与现代、犹太文化与欧洲文化间的纷繁复杂关系进行较为深入的阐释。鉴于当代犹太文学作品中蕴含着丰富的社会文化内容，本书选择当今以色列最优秀的作家阿摩司·奥兹的小说作为研究对象，从社会文化层面对犹太女性的生存困境进行规范分析。

阿摩司·奥兹的作品容量非常大，包含犹太民族漫长而曲折的历史、犹太教的变迁、犹太民族的大流散、欧洲文化对犹太人的同化、犹太人对欧洲的矛盾心理、传统文化对20世纪巴勒斯坦犹太人的影响等内容。作为20世纪60年代崛起于以色列文坛的

"新浪潮"作家的杰出代表,奥兹把笔触探入20世纪巴勒斯坦犹太人的家庭生活,为读者展示了20世纪巴勒斯坦犹太社会特有的社会风貌与世俗人情。奥兹给予女性深切的关怀,他擅长在审视女性婚恋问题的过程中考察20世纪巴勒斯坦犹太人的生存状况,思考漫长的大流散历史带给犹太民族的心理创伤。

身为男作家的奥兹有着女性想象上的自觉意识。奥兹小说中的女性镜像内涵丰富,女性群体有着脆弱、敏感、叛逆与抑郁等特征,所以笔者从阿摩司·奥兹女性想象的自觉入手,以犹太历史与文化、女性主义、阐释学、认同理论、创伤理论、主体间性理论与弗洛伊德、福柯、萨特、布迪厄、哈贝马斯等人的学说为支撑,剖析作家小说中女性群体的恋父、背叛传统、单恋欧洲倾向,揭示这些女性所在性别、宗教、文化、政治诸场域中的复杂权力运作——父权制之下,女性逐渐成长为被规约、被凝视、被消费的对象;恋父行为体现了女性被支配、被操纵、主体性被剥夺的事实;女性尝试以叛逆行为实现突围,突围的力量源于父权的生产性与女性的边缘化益处;身处犹太复国主义和欧洲文化夹缝中的犹太女性产生了比男性更为强烈和持久的身份困惑与信仰危机。奥兹小说中的女性镜像印证了作家对女性生存困境的理性思考,体现了奥兹作为知识分子所秉持的对话原则与主体间性立场。

本书在对奥兹作品进行研究,从社会文化层面对犹太女性的生存困境进行规范分析的同时,还尝试对犹太传统与现代、犹太文化与欧洲文化间的纷繁复杂关系进行条分缕析的论述。目前学术界尚未出版关于奥兹作品研究的专著,所以笔者希望此书能对奥兹及其作品研究、女性主义、犹太文学与文化研究产生一定的参考价值。

由于作者所知有限、见识浅陋，书中必然存在诸多不严谨乃至谬误之处，在此恳请各位方家不吝赐教。

李沁叶

2017 年 11 月 1 日于青岛

绪 论

阿摩司·奥兹及其作品国内研究概况

犹太民族文学（通称希伯来文学）发端于《圣经》文学，在犹太民族漫长的大流散过程中趋于衰落，之后随着犹太复国主义运动的展开得到复兴，于1948年以色列建国后进入以色列文学阶段。以色列文学既是希伯来文学的延续，又是以色列国的国家文学，在建国初期表现出了鲜明的意识形态属性，作家大多继承现实主义传统，描写犹太人的集体经历、表现犹太民族的集体价值观、描述犹太民族的历史命运、展示犹太民族的集体精神风貌。从20世纪50年代末起，建国时期受抑制的自我主义开始在以色列文坛抬头，信仰危机与幻灭、焦虑、迷惘情绪开始出现在以色列作家的作品之中。这些作家被称为"新浪潮一代"，他们的创作注重表现对人个体价值的思考，并探索题材、表现手法的革新。① 其中，阿摩司·奥兹是"新浪潮一代"的代表作家。

---

① 参见徐新《以色列文学漫谈》，《译林》1995年第2期。

一 阿摩司·奥兹其人

阿摩司·奥兹原名阿摩司·克劳斯纳,1939年生于耶路撒冷,父母分别来自苏联的敖德萨(今属乌克兰)和波兰的罗夫诺,因此奥兹自幼受家庭影响,接受了大量欧洲文化和希伯来传统文化的熏陶,而后又接受了以色列本土文化的教育,文化底蕴深厚。奥兹12岁那年母亲自杀身亡。14岁时奥兹斩断与家庭的联系,到胡尔达基布兹(即以色列颇有原始共产主义色彩的集体农庄)居住并务农,后来受基布兹派遣,到耶路撒冷希伯来大学攻读哲学与文学,获得学士学位后回到基布兹任教。① 在基布兹,他开始接触卡夫卡、托尔斯泰、契诃夫、海明威等文学大师和莫辛松、沙米尔、布伦纳等希伯来语作家的作品,受舍伍德·安德森创作的启发开始了他的文学创作生涯。奥兹在基布兹生活了30余年,后任职于本—古里安大学希伯来文学系。

奥兹最初以短篇小说集《胡狼嗥叫的地方》(Where the Jackals Howl, 1965)登上文坛。目前奥兹发表了《何去何从》(Elsewhere, Perhaps, 1966)、《我的米海尔》(My Michael, 1968)、《触摸水,触摸风》(Touch the Water, Touch the Wind, 1973)、《沙海无澜》(A Perfect Peace, 1982)、《黑匣子》(Black Box, 1987)、《了解女人》(To Know A Woman, 1989)、《费玛》(Fima, 1991)、《莫称之为夜晚》(Don't Call It Night, 1994)、《地下室里的黑豹》(A Panther in the Basement, 1995)、《一样的海》(The Same Sea, 1998)、《爱与黑

---

① 参见钟志清《以色列作家阿摩司·奥兹》,《外国文学评论》2007年第4期。

暗的故事》（A Tale of Love and Darkness，2002）等13部长篇小说，《胡狼嗥叫的地方》《直至死亡》（Unto Death，1971）、《鬼使山庄》（The Hill of Evil Council，1976）、《乡村生活图景》（Scenes From Village Life，2009）、《朋友之间》（Between Friends，2012）5部中短篇小说集以及《索姆哈伊》（Soumchi，1978）、《在炽热的阳光下》（Under This Blazing Light，1979）、《在以色列国土上》（In the Land of Israel，1983）、《黎巴嫩斜坡》（The Slopes of Lebanon，1987）、《天堂的缄默：阿格农害怕上帝》（The Silence of Heaven: Agnon's Fear of God，1993）、《以色列、巴勒斯坦与和平》（Israel, Palestine and Peace，1994）、《故事开始了》（The Story Begins，1999）、《如何治愈狂热病》（How to Cure A Fanatic，2006）、《犹太人和词语》（Jews and Words，2012）等多部政论、随笔集和儿童文学作品。他的作品被翻译成40多种文字，曾获包括法国"费米娜奖"、德国"歌德文化奖"、"以色列国家文学奖"、西语世界最有影响的"阿斯图里亚斯亲王奖"、"弗兰兹·卡夫卡奖"等在内的多种文学奖，并多次被提名角逐诺贝尔文学奖，是目前最有国际影响力的希伯来语作家。

奥兹还是一位卓越的社会活动家，是"现在就和平"运动的发起人之一，被称为反对原教旨主义和极端主义的"勇敢的斗士"，在国际上享有盛誉。如他和其他左翼人士曾公开抨击贝京，"大屠杀毁灭了1/3的犹太人，其中有你的父母和亲属，也有我的家人，而希特勒早在37年前便已经死去，他没有藏在贝鲁特，数以万计的阿拉伯死难者不会治愈这一创伤"[①]。德国将歌德奖颁

[①] Amos OZ, "Hitler Is Already Dead, Mr. Prime Minister", *Yediot Aharonot*, 21 June 1982.

发给奥兹是因为他的作品"主题广泛,风格高洁,这使他成为当代最重要的作家之一",他"通过其文学作品,向世界各地的读者传达出一种既深且远、超越一切的人性感受、道德价值和协作精神"。①

以色列作家阿摩司·奥兹②

---

① 康慨:《德国向以色列作家授勋阿摩司·奥兹获歌德奖》,《中华读书报》2005年8月31日。
② 图片来自半块方糖:《阿摩司·奥兹》,http://www.sohu.com/a/193247558_653963。

二 奥兹作品国内研究概况

我国对奥兹作品的翻译始于短篇小说。20世纪90年代上半期，奥兹的三部短篇小说相继被翻译成中文，即《游牧人与蝰蛇》①《风之路》②《胡狼嗥叫的地方》③。国内对奥兹作品的大规模翻译从20世纪90年代末开始。译林出版社相继出版了《何去何从》（1998）、《我的米海尔》（1998）、《沙海无澜》（1999）、《费玛》（2001）、《了解女人》（2007）、《爱与黑暗的故事》（2007）、《一样的海》（2012）、《地下室里的黑豹》（2012）、《故事开始了》（2012）；南海出版公司相继出版了《莫称之为夜晚》（2006）和《鬼使山庄》（2006）；上海译文出版社出版了《黑匣子》（2004）；浙江文艺出版社出版了《咏叹生死》（2010）、《胡狼嗥叫的地方》（2010）。必须指出的是，中国社会科学院的钟志清博士对奥兹作品的中国翻译和经典化做出了卓越贡献。目前奥兹的大部分作品已被翻译为中文，部分小说和大部分的散文随笔还未曾和中国读者见面。

2007年，奥兹的中国之行使中国的媒体、作家们开始关注奥兹本人及其作品。中国作家毕飞宇、莫言、阎连科、池莉、邱华栋等都高度评价了奥兹及其作品，学者们对奥兹作品的研究也逐渐展开。

---

① 参见徐新《现代希伯来小说选》，漓江出版社1992年版。
② 参见［以］理查德·弗兰茨《以色列的瑰宝：神秘国度的人间奇迹："基布兹"短篇小说选》，河南人民出版社1993年版。
③ ［以］阿摩司·奥兹：《胡狼嗥叫的地方》，汪义群译，《世界文学》1994年第6期。

目前国内学术界对奥兹及其作品的研究主要集中在以下几个方面。

（一）奥兹具体作品的解读

在目前国内奥兹及其作品的研究成果中，占比例最高的是学者们对奥兹具体作品的解读。如对于《我的米海尔》，易国定认为作家是以自己的母亲为原型抒写了女性的精神史，小说展现了奥兹的女性观和对非勒司中心主义的颠覆意图。[①] 彭超认为《我的米海尔》中弥漫着躁动不安的情绪和逃离的冲动；汉娜先后接触到父亲约瑟、丈夫米海尔、邻居男孩约拉姆三位男性，这三位男性分别代表渐逝的历史、无奈的现状与远去的理想对汉娜产生的重要影响，这些影响也代表了耶路撒冷对汉娜的深刻影响；奥兹通过汉娜这样的女性形象，传达出自己关于耶路撒冷的见解。[②] 关晓雪运用城市理论研究成果对《我的米海尔》的耶路撒冷描写进行了研究，尝试呈现奥兹的文学想象对圣城的建构过程。[③]

郑丽采用犹太哲学家马丁·布伯的对话哲学剖析奥兹的短篇故事《等待》，指出小说中不幸婚姻的根源在于"对话"的缺失导致的"失之交臂"。为了实现与对方真正的"相遇"，主人公必须实现从"我—它"关系到"我—你"关系的转变，以包容的态度参与到"完全在场"中来。郑丽认为主人公的心路历程表达了作者通过对话结束人与人之间的冲突和分歧，找回失落的精神家

[①] 易国定：《走向那片流淌着奶和蜜的土地——〈我的米海尔〉的女性主义解读》，《黑龙江社会科学》2003 年第 2 期。

[②] 彭超：《〈我的米海尔〉：耶路撒冷，这座城市的秘密》，《东吴学术》2015 年第 3 期。

[③] 关晓雪：《当代以色列小说中的圣城书写》，硕士学位论文，西北民族大学，2014 年。

园的希望，《等待》因此具体体现了作家深邃的哲学思考和深切的人文关怀。①冯利苹将易卜生的《玩偶之家》与《等待》进行了平行研究，认为两者提供了相似的文学典型，即男主人公都以自我为中心，把女性看成自己人生的附庸；对话的缺乏导致两个家庭悲剧的诞生。②

少远认为奥兹在《爱与黑暗的故事》中书写了犹太人所遭受的多重苦难，即除了在茫茫的历史之河中流徙、漂泊，遭受其他文明的屠戮和戕害，还要面对更为深重的"找不到家"的孤独。③唐诗以《爱与黑暗的故事》为对象，研究了奥兹的多重文化身份、犹太人的心理创伤、奥兹的写作和叙事策略。④

邱华栋认为奥兹小说《黑匣子》以书信体形式将爱情、性、婚姻、代沟、种族、国家、政治等问题一一囊括，该书折射了当代犹太人生活的全景画面，"黑匣子"作为书名寓意丰富。⑤

高毛华认为《忽至森林深处》中两个孩子从"村中世界"到"山中世界"的穿越表达了奥兹企图弥合世界创伤的创作衷愿。⑥

王璐认为奥兹处女作短篇小说《胡狼嗥叫的地方》以复调的写作手法，通过"狗""胡狼""配马"等隐喻为读者展现了生

---

① 郑丽：《生活乃是对话——阿摩司·奥兹〈等待〉中的对话哲学》，《外国文学》2010年第2期。
② 冯利苹：《皈依"永恒之你"——易卜生〈玩偶之家〉与阿摩司·奥兹〈等待〉中的对话哲学》，《牡丹江大学学报》2011年第9期。
③ 少远：《来到迦南之地，发现没有"应许"》，《中国三峡》2015年第12期。
④ 唐诗：《个人的圣经，民族的史诗——解读阿摩司·奥兹的〈爱与黑暗的故事〉》，硕士学位论文，苏州大学，2012年。
⑤ 邱华栋：《阿摩司·奥兹：以色列人的记忆与形象》，《西湖》2010年第11期。
⑥ 高毛华：《对峙、对视和穿越：弥合被割裂的世界——评阿摩司·奥兹的讽喻童话〈忽至森林深处〉》，《译林》2015年第5期。

活在基布兹的犹太人的生存状态和独特民族心理：狗与胡狼隐喻了对异己的排斥与迫害、基布兹的"流亡者"和新一辈；被诱惑的"胡狼幼兽"隐喻了犹太人对欧洲文化的依恋和向往，其中包括少女加里拉对欧洲文化的依恋和向往；被捕的胡狼幼兽隐喻了犹太人对故国家园的爱；配马的故事隐喻了犹太人出生的苦难和罪恶与关于血统的阴暗史诗；有关"洪水"的梦隐喻了犹太民族苦难的历史和心理创伤，以及作者对以色列社会现实的思考与反思，也隐喻了阿摩司·奥兹渴望用"爱与和平"解决民族、种族、文化冲突的美好希冀。①

关于短篇小说集《乡村生活图景》，徐兆正认为8部短篇小说充斥着孤独、失落、忧伤、恐惧、惊悚、奇特、怪异乃至绝望；古稀之年的奥兹把现实中的许多现象、问题、悖论与谜团浓缩在一起，并以写实加象征、隐喻的方式呈现在读者面前，但没有做出解答。② 高中梅认为奥兹入木三分地揭示了生活的种种阴暗面，展示出一幅具有超现实色彩的以色列乡村生活图景；百年老村、虚构的乌有之乡特拉伊兰的变革象征着在以色列的城市化进程中，拓荒者的人生理想和现代人的观念发生的冲突与矛盾。③

钟志清对《地下室里的黑豹》进行了详细解读，指出在该作品中孩子成为家庭描写的中心人物；理智与情感、理想与现实、使命与道义、民族情感与人道主义准则等诸多充满悖论色彩的问

---

① 王璐：《解读〈胡狼嗥叫的地方〉中"动物与洪水"的隐喻世界》，《青年文学家》2016年第6期。
② 徐兆正：《阿摩司·奥兹〈乡村生活图景〉没有结局的故事》，《文艺报》2016年6月8日。
③ 高中梅：《坚守灵魂深处的悲悯》，《深圳特区报》2016年7月19日。

题不仅是小主人公的问题,也是作家的问题;作品以将个人命运和共同体前途并置的方式探讨个体身份,显示出作家浓厚的道德深意和矛盾心态。① 对于《地下室里的黑豹》,逄存磊认为奥兹试图以书写的方式弥合历史与现实之间存在的裂痕。②

(二) 奥兹作品人物研究

李春霞对奥兹小说中的阿拉伯人形象进行了研究,认为奥兹的作品一方面展示了以色列建国前后犹太人和阿拉伯人之间的冲突;另一方面又从民族生存的角度逼真地再现了两个民族从相互尊崇、和平共处到相互仇视、兵刃相见的历史现实。李春霞认为奥兹作品既流露出作家对犹太民族身世多艰的哀悼,也流露了对阿拉伯民族所遭受苦难的深深负疚,个人道义与民族责任的冲突跃然纸上。所以她认为奥兹笔下的阿拉伯人形象已不再是单纯的文学现象,而成了复杂的文化心理现象,负载着作家深厚的历史意识与民族体验。③

刘悦研究了奥兹小说中犹太人的"应允之地"与现实环境的冲突、以色列犹太复国主义的政治主张对犹太民族造成的影响、在基布兹生活的犹太人个体意识与族群意识的冲突,从历史、政治、个体意识三个维度研究了奥兹小说人物的精神困境。④

刘国爱研究了奥兹的基布兹题材小说,认为基布兹的新一代

---

① 钟志清:《阿摩司·奥兹〈地下室里的黑豹〉:建构历史与现实象征联系的少年故事》,《文艺报》2012 年 7 月 16 日。
② 逄存磊:《"叛徒"与"敌人"的文学呈现》,《北京日报》2012 年 8 月 16 日。
③ 李春霞:《阿摩司·奥兹小说中的阿拉伯人形象》,《哈尔滨学院学报》2015 年第 2 期。
④ 刘悦:《阿摩司·奥兹小说中的精神困境研究》,硕士学位论文,江南大学,2015 年。

更注重主体意识与个人价值,与注重集体意识的基布兹老一代人间产生了价值观上的冲突。①

陈茜研究了《爱与黑暗的故事》中知识分子的来源及不同类型知识分子的形象,认为奥兹关注特殊情境中知识分子的命运,并试图从犹太哲学的"对话"理论中探索其走出精神困境的出路。②

(三)奥兹作品主题研究

奥兹作品主题的研究目前多见于硕士学位论文。李沁叶研究了奥兹小说中的女性婚恋悲剧主题。③ 文海林对奥兹长篇小说"爱"的主题进行了研究,认为奥兹有着对"爱"的多角度理解,其作品从家庭之爱到故土之爱、民族之爱,再升华为信仰大爱,自始至终都展示着人本主义关怀。④ 张文洁研究了奥兹作品中的犹太悲剧主题,认为该主题贯穿于奥兹对犹太个体的身份认同问题、犹太家庭的悲剧与犹太民族现实的苦难三个维度的描写中。⑤ 丁蕾研究了奥兹小说的"回家"主题,探讨了犹太人的回家之路、回家后的种种生活困境,并试图寻找犹太人的"回家"障碍,寻找一个能够让犹太人肉体和灵魂都返回家乡的有效途径。⑥

---

① 刘国爱:《阿摩司·奥兹"基布兹"题材小说的思想艺术价值探索》,硕士学位论文,东北师范大学,2013年。
② 陈茜:《论阿摩司·奥兹〈爱与黑暗的故事〉的"知识分子"形象》,硕士学位论文,广西师范大学,2015年。
③ 李沁叶:《阿摩司·奥兹小说中女性爱情婚姻悲剧探析》,硕士学位论文,天津师范大学,2009年。
④ 文海林:《爱与黑暗的故事——阿摩司·奥兹长篇小说"爱"的主题研究》,硕士学位论文,西北民族大学,2010年。
⑤ 张文洁:《"爱与黑暗"——论阿摩司·奥兹笔下的犹太悲剧书写》,硕士学位论文,扬州大学,2016年。
⑥ 丁蕾:《寻找"回家"的路——阿摩司·奥兹小说"回家"主题研究》,硕士学位论文,西北大学,2013年。

张向超认为犹太复国主义神话存在以犹太复国主义思想为基底，以耶路撒冷、"基布兹"和英雄三大符号为侧面的"三棱锥"结构，奥兹在文学创作中消解了三大符号，从而实现了对犹太复国主义神话的瓦解。①

（四）奥兹创作倾向研究

关于奥兹的叙事理念，赵玫认为《故事开始了》佐证了奥兹所涉猎的文学作品之多：奥兹对冯塔纳、阿格农、果戈理、卡夫卡、莫兰黛、卡佛、马尔克斯等十位作家颇有研究，并更钟情用希伯来文写作的以色列作家。赵玫还以作家的身份分析了奥兹在《故事开始了》中阐述的创作观，并认为《故事开始了》与该作品之后诞生的《何去何从》几乎形成了一种"互文"关系。② 曹琳研究了奥兹的故事观念并对《爱与黑暗的故事》进行了个案研究，认为奥兹的故事观建立在其人生历程的基础上，传承了犹太民族文学的故事传统并接受了西方小说故事观的影响。③

关于奥兹创作的价值取向，徐兆正认为奥兹的多数小说把个人放到充满悖论与冲突的社会语境中，通过个体人物的心灵剖析与外在的环境展现，促使读者对个人、环境乃至整个人类的生存境况进行思考。④ 遆存磊认为"叛徒"的暗影缠绕着奥兹，他深入思考个体身份与民族命运交织所产生的矛盾与悖论，不仅仅为

---

① 张向超：《奥兹小说对犹太复国主义神话的解构》，硕士学位论文，扬州大学，2017年。
② 赵玫：《赵玫文化随笔 穿越奥兹的长廊》，《世界文化》2015年第2期。
③ 曹琳琳：《奥兹与以色列现代小说的故事观问题》，硕士学位论文，黑龙江大学，2017年。
④ 徐兆正：《阿摩司·奥兹〈乡村生活图景〉没有结局的故事》，《文艺报》2016年6月8日。

了辩诬,而是试图追索历史与现实之间的隐然隔绝与弥合尝试。①

关于奥兹作品的艺术风格,钟志清认为奥兹善于借助幽默、反讽等手法,对某些犹太复国主义理念的卫道士、犹太民族主义者进行揶揄,这使得他笔下的人物鲜活饱满,鲜有"传声筒"痕迹。②

国外学者对奥兹小说的女性形象进行了较多的研究。如阿门德与凯思琳(Amende & Kathaleen, 2010)对福克纳的短篇小说《干旱》与奥兹的小说《胡狼嗥叫的地方》进行了影响研究:奥兹深受福克纳小说创作的影响;两部小说的女主人公都试图以臆想中的性袭击煽动针对少数民族的武装袭击;因缺乏魅力不能成为男性的欲望对象,两位女主人在男性世界被边缘化,她们陷入饥渴并试图以杜撰的性袭击发泄并吸引男性的注意,以民族种族身份属性强调自己的归属;她们所在的群体将异己的贝都因人或黑人妖魔化,抱着寻找替罪羊心理,该群体将恶劣天气制造的焦虑发泄到少数民族这一弱势群体上,视他们为制造一切混乱的罪魁祸首。其他学者,如卡琳·格伦贝格(Karen Grumberg, 2010)将奥兹与同样擅长以母亲为原型进行写作,作品也具有自传色彩与抒情特征的作家阿尔伯特·柯恩的创作进行了比较研究;布吉亚与诺伯特(Bugeja & Norbert, 2015)则研究了奥兹《爱与黑暗的故事》等作品中象征手法的运用。

比对国外奥兹及其作品的研究成果(见下表)可以发现,总体上我国对奥兹及其作品的研究尚处于起步阶段,研究的深度和

---

① 逯存磊:《"叛徒"与"敌人"的文学呈现》,《北京日报》2012年8月16日。
② 钟志清:《以色列作家阿摩司·奥兹》,《外国文学评论》2007年第4期。

广度还非常有限。

阿摩司·奥兹国内外研究成果检索结果（部分）

文献类型	国内文献检索结果①	国外文献检索结果②
著作章节	4	480
期刊文章	12	298
会议论文	0	32
学位论文	7	
报纸文章	15	

注：①检索时间均为 2018 年 6 月 11 日。
　　②进行国内外文献检索时使用的检索词分别为"阿摩司·奥兹"和"Amos Oz"。

---

① 国内研究文献中的期刊论文、报纸文章、学位论文、会议论文检索结果源于中国知网。

② https：//link. springer. com/search? query = Amos + Oz.

第一章

阿摩司·奥兹女性想象的自觉

> 性别对文学并不构成直接的和必然的关系，它是文学作品的一种非结构因素，并不直接构成文学的结构要素如人物情节、环境、语言等。性别与文学的关系通过有性别的（主要是社会性别）作者功能这个媒介来实现。[1]
>
> ——刘思谦

在对女性的生存状况进行深入的理性思考后，作家们才站在特定立场进行自觉的女性想象，并将其理性思考与自觉想象诉诸文本。阿摩司·奥兹有着非常特殊的生活经历，特殊的生活经验使其成为一位有着女性想象自觉的作家。他擅长用小说这一大容量载体将丰富的女性想象充分地展现出来。

---

[1] 刘思谦：《性别理论与女性文学研究的学科化》，《文艺理论研究》2003年第1期。

一　男作家与女性想象的自觉

在学理上，男作家能够进行自觉的女性想象。对于"女性书写"，法国女性主义理论家的解释迥异于英语"feminine writing"的作者性别所指，如西克苏等认为"女性书写"（écriture feminine）指涉的是作品属性，"署上女性的名字并不一定保证这部作品就是具有女性特征的……一部署名男性的作品也并不一定排除女性特征"①。弗吉尼亚·伍尔芙（Virginia Woolf）并不认为性别与文学间有着一一对应关系。学者刘思谦认同伍尔芙这一观点，在进行系统的研究之后，她阐释了性别和文学间关系的发生机制：

> 伍尔芙在她的女性写作经典论著《一间自己的屋子》中反复强调"任何人若想写作而想到自己的性别就无救了"，"只要觉得自己是一个女人在那里说话，那她就无救了"，伍尔芙是在提醒我们不能把性别简单化和绝对化，这样性别将不再是一种合理而有效的分析范畴和阅读视角，将会成为限制、禁锢我们的一个新的牢笼。有性别而不唯性别，注重性别而又超越性别的写作是可能的也是现实存在的……②
>
> 性别不同的男作家或女作家基于不同的性别经验和心理功能，一般来说会将他（她）的性别观念或性别无意识自觉

---

① Hélène Cixous, "Castration or Decapitation?" trans. Annette Kuhn, Signs: *Journal of Women in Culture and Society*, Vol. 7, No. 1, 1981, p. 52.
② 刘思谦：《性别理论与女性文学研究的学科化》，《文艺理论研究》2003 年第 1 期。

不自觉地投射到文学文本中，在一定程度上影响到文本的结构因素和人物塑造、情节设计、人物关系、话语方式等，构成文学文本中不同的性别内涵。①

所以，在理论上，作品的性别属性与作者的性别属性可能产生错位，男作家可以自觉进行女性想象甚至女性书写。

因话语障碍和先验心理结构差异的存在，相对于女性书写，男作家自觉的女性想象更为可行。爱情与婚姻是女性生活的中心图景，自觉描写女性婚恋问题是男作家对女性生存状况进行自觉关注的途径。在进行自觉的女性想象时，部分男作家甚至能对女性的主体价值进行确认。"独特的女性经验是男性作家由于性别经验的局限和隔膜而不可能采用的，但对女性主体价值的体认这一点，则是超越了自身社会性别局限的男作家也可以做到的。同理，有的女性作家虽身为女性但由于父权意识男性中心意识的内在化而对女性主体价值混沌无觉者所在多有。"②

实践层面上，众多男艺术家都曾对女性进行过自觉想象，并通过自觉的女性想象来确认女性的主体价值。中国文化界20世纪20年代倡导"为人与为女的双重自觉"，男作家们通过写作自觉探讨女性的主体性问题。周作人提倡"女子本位"性观念；张资平出于对男性的"性别无意识"的警醒，描写了馨儿、苔莉、静媛等具有新性道德意识的女性形象；茅盾在其小说中反省男性的性别无意识并塑造了静女士、孙舞阳、章秋柳等一系列觉醒的新

---

① 刘思谦：《性别理论与女性文学研究的学科化》，《文艺理论研究》2003年第1期。
② 刘思谦：《女性文学这个概念》，《南开学报》（哲学社会科学版）2005年第2期。

女性。在西方，西班牙男导演阿尔莫多瓦被赋予"女性导演"的头衔，因为他在电影中"以她们的爱情婚姻作为叙事焦点，从女性独特视角出发，凸现她们的遭遇、心态、情感、欲望和企盼，赋予女性形象更丰富的性格层次，准确传达出她们自身作为女性独特的生命体验和情感体验、新的文化视角与价值取向，象喻式地揭示呈现了女性的生存与文化困境"[①]。

二 个人体验与创作动机

文学创造的客体是文学的反映对象，是整体性的、经过审美提炼后具有审美价值的作家体验过的社会生活。文学的反映对象及文学创造的客体不仅包括现实生活，还包括作家的个人情感与经验，个人情感与经验中甚至包括弗洛伊德所谓的"个人无意识"与荣格所谓的"集体无意识"等深层心理经验。在文学创造的过程中，文学创造的主体——处于文学生产活动中并具有主体性的即自由自觉的创造者[②]——既有作为审美者和"旁观者"对个人利害的超脱，又有"移情者"自我意识、情感、人格的主动移入。奥兹有着明显的恋母情结[③]，但12岁时其母自杀，奥兹一生都生活在这一悲剧事件的影响之中，这一事件深刻地影响了作家的创作。

"创作动机是由需要产生的，在作家心理失衡的情况下容易

[①] 参见李简瑗《阿尔莫多瓦的女性镜像与后女性主义》，《电影文学》2006年第14期。
[②] 童庆炳：《文学理论教程》（修订版），高等教育出版社1998年版，第114页。
[③] 李沁叶：《论阿摩司·奥兹小说对女性脆弱物质承受能力描写背后的俄狄浦斯情结》，《语文学刊》2009年第5期。

形成易感点，遇有外部刺激的触动，于是产生了带有极强行动力量并对整个创作过程起支配作用的或隐或现的意图或意念。"① 书写创伤是奥兹的创作动机之一。"我母亲对我的人生影响很大，她是个讲故事的高手，这些故事启迪我的奇思妙想，而她的自杀，给我留下了永远的痛。写作也是一种疗治心灵创伤的方式，我想很多作家会对此生共鸣。"② 在谈及《爱与黑暗的故事》的创作时，奥兹称"这是一种预后治疗。只有当我的内心不再有愤怒，不再有对自己的愤怒，不再有苦涩时，我才能来讲述我的父母，仿佛他们是我的孩子般来讲述"③。书写创伤给创伤幸存者提供了一个重塑自我、重构意识形态主体以及重新评价过去的平台，它能够帮助创伤经历者缓解症状，最终治愈创伤。④ 奥兹具有书写创伤的本能，"实际上，我小时候具有一种奇怪的冲动——愿意赋予某件事情第二次机会，而它不可能拥有这次机会——至今，这一模一样的冲动仍驱动着我前行，不管我何时坐下来写小说。"⑤ 通过这种书写，奥兹得以重塑自我并重新评价过去。

关于母亲的自杀与《爱与黑暗的故事》一书，奥兹坦言"我的父亲有点孩子气，没有任何幻想，但他又是一个非常温和大方

---

① 童庆炳：《文学理论教程》（修订版），高等教育出版社1998年版，第121—122页。
② 钟志清：《阿摩司·奥兹以写作寻求心灵宁静》，《中华读书报》2007年8月29日。
③ [美]吉塞拉·达克斯：《在我眼中，以色列是一个正在成熟中的少女》，陆志宙译，《译林》2007年第5期。
④ 师彦灵：《再现、记忆、复原——欧美创伤理论研究的三个方面》，《兰州大学学报》（社会科学版）2011年第2期。
⑤ [以]阿摩司·奥兹：《爱与黑暗的故事》，钟志清译，译林出版社2007年版，第27页。

的人。有一段时间我很生他的气。开始写这本书时，一切都已散去，书中留下的是一团谜，为什么两个善良的人，两个既不偏执也不疯狂的人，他们的婚姻会破裂，直到以悲剧收场"①。奥兹自觉进行女性想象，在不同的小说中重构母亲的生活场景与生存境遇。思考母亲自杀的原因、赋予母亲及母亲生活第二次机会也是作家的创作动机之一。"在文学创作中，创作动机的实现（即产品完成）固然要依赖材料的储备和艺术发现获得，但实际上创作动机却常常是暗中支配和决定作家搜集材料的范围及其艺术发现方向的潜在操纵力量。有什么样的创作动机，实际上也就暗示了作家某一具体作品或其一生文学创造在选材和艺术沉思上的走向"②。所以，母亲的感情问题、母亲的生存困境、母亲失败的婚姻、自己对母亲的复杂感情以各种不同的方式呈现于奥兹的小说中，成为奥兹文学创造的对象和进行创作的不竭源泉。

三 特殊的前理解结构

前理解、前结构等概念来自现代诠释学，海德格尔与伽达默尔是该学派的代表人物。海德格尔认为在理解的过程中，"解释开始于前把握，而前把握可以被更合适的把握所代替，正是这种不断进行的新筹划过程构成了理解和解释的意义运动"③。他在

---

① ［美］吉塞拉·达克斯：《在我眼中，以色列是一个正在成熟中的少女》，陆志宙译，《译林》2007年第5期。
② 童庆炳：《文学理论教程》（修订版），高等教育出版社1998年版，第121页。
③ ［德］伽达默尔：《伽达默尔集》，严平编选，邓安庆等译，上海远东出版社2003年版，第45页。

《存在与时间》里指出，理解的前结构包括前有、前见和前把握等内容。前有"是指此在的理解存在与它先行理解的因缘关系整体具有一种先行的占有关系，也就是说，此在在去理解之前，对已经被理解了的因缘关系整体先就具有了某种关系，我们把要理解的东西置入这种先有的关系中"；所谓前见"其实就是解释者理解某一事物的先行立场或视角"；前把握是指"我们进行理解时事先所具有的概念框架"①。三者所组成的前结构又被伽达默尔称作"前理解"（Vorverstaendnis）。

海德格尔认为针对认识对象的前见或预期受制于认识主体的境遇与历史处境，也受制于认识与阐释的传统。作家通过创作来阐释自己对外在世界的认识和自己的主观世界，作家特殊的前理解结构将影响作家的创作。特殊的个人经验形成作家作为创作主体的境遇与历史处境，独特的创作动机与创作原则作为先行立场或视角，成为作家理解结构中的前见，犹太文学的书写传统作为概念框架的一种，深刻影响了作家，成为奥兹前理解结构中的前把握部分。在特殊的个人经验、独特的创作动机与创作原则、犹太文学书写传统的共同影响之下，自觉的女性想象成为奥兹小说创作的重要内容。

奥兹秉持"你身在哪里，哪里就是世界中心"②的创作原则。该原则的产生得益于舍伍德·安德森的影响。作家坦言：

> 这里，在《小镇畸人》中，我认定有损于文学尊严、被

---

① 洪汉鼎：《伽达默尔的前理解学说》（上），《河北学刊》2008年第1期。
② 钟志清：《阿摩司·奥兹以写作寻求心灵宁静》，《中华读书报》2007年8月29日。

第一章 阿摩司·奥兹女性想象的自觉

拒之文学门外的人与事,占据了中心舞台。舍伍德·安德森笔下的女人并非大胆,她们不是神秘的妖妇。他笔下的男人也不强悍,属于那种笼罩在香烟烟雾与阳刚悲悯中的类型。①

这部朴实无华的作品,对我的撞击恍如一场反方向的哥白尼革命。哥白尼表明,我们的世界不是宇宙中心,而只是太阳系星体中的一员,相形之下,舍伍德·安德森让我睁开双眼,描写周围发生的事。因他之故,我猛然意识到,写作的世界并非依赖米兰或伦敦,而是始终围绕着正在写作的那只手,这只手就在你写作的地方:你身在哪里,哪里就是世界中心。②

因此,舍伍德·安德森的小说把我离开耶路撒冷时就已经抛弃的东西,或者我整个童年时代一直脚踏、但从未劳神弯腰触摸的大地重新带回给我。我父母的困窘生活;修理玩具与娃娃的克洛赫玛尔夫妇家里总是飘着的淡淡的面团味儿与腌鳕鱼味儿;杰尔达老师暗淡阴郁的房子,表皮斑驳的柜子;心存不满的作家扎黑先生以及他深受慢性偏头疼困扰的妻子;杰尔塔·阿布拉姆斯基烟熏火燎的厨房;斯塔施克和玛拉·鲁德尼基养在笼子里的两只鸟,一只老秃鸟和另一只松果鸟;伊莎贝拉·纳哈里埃里满屋子的猫,还有她丈夫杰茨尔,合作社里目瞪口呆的收款员;还有斯塔赫,施罗密特奶奶那条伤心的老狗,圆眼睛里露出哀愁,他们经常用樟脑

---

① [以] 阿摩司·奥兹:《爱与黑暗的故事》,钟志清译,译林出版社2007年版,第499页。
② 同上书,第500页。

21

犹太女性生存困境的文化阐释

球给它消毒,狠劲抽打它,消除灰尘,直至某天,她不再需要它,用报纸把它一卷,扔进了垃圾箱。①

　　作家应该描写他或她最为熟悉的世界,描写他的邻里、家人、国家以及所熟悉的人。我十六七岁的时候,认为自己当不了作家,因为我生活在偏僻的基布兹,而真正的世界在巴黎、马德里、纽约、蒙特卡洛、非洲沙漠、斯堪的纳维亚森林。也许可以在俄国写乡村小镇,甚至在加利西亚写犹太人村庄。但是,在基布兹,只有鸡圈,牛棚,儿童之家,委员会,轮流值班,小供销社。疲惫不堪的男男女女每天早早起来去干活,争论不休,洗澡,喝茶,在床上看点书,十点钟之前便筋疲力尽进入梦乡。我没有像第一代以色列作家那样拥有战争经历,生活中缺少激情。是舍伍德·安德森的《小镇畸人》让我改变了上述观念。在《小镇畸人》中,我认定有损于文学尊严、被拒之文学门外的日常生活中的人与事,占据了中心舞台。于是我意识到,自己身在哪里,哪里就是宇宙中心,即使你生活在一个小村庄,这个小村庄便是你的宇宙中心。如果年轻作家到我这里来询问怎样才能成为一个作家的话,我就会告诉他,"年轻人,请描写你身边的世界。你的家人,你的村庄,你自己的世界。"②

　　该创作原则指导奥兹根据自身经验进行创作,自觉描写以

---

① [以] 阿摩司·奥兹:《爱与黑暗的故事》,钟志清译,译林出版社2007年版,第499页。
② 钟志清:《以写作寻求心灵宁静:奥兹访谈之二》,参见《"把手指放在伤口上":阅读希伯来文学与文化》,中央编译出版社2010年版,第181页。

母亲为代表的 20 世纪巴勒斯坦犹太女性的生存困境。如作家在自传体长篇巨著《爱与黑暗的故事》中描述母亲自杀前的细节时提到：

> 我们来到塔拉桑塔楼，"独立战争"时期，通往斯克普斯山校园的公路遭到封锁，希伯来大学的几个系重新搬到这里，我们打听报刊部在什么地方，顺着楼梯走上二楼。（也就是在类似的一个冬日，《我的米海尔》中的汉娜就在这些台阶上跌倒，大概扭伤了脚踝，学生米海尔·戈嫩一把抓住了她的胳膊肘，冷不丁地说他喜欢"脚脖子"一词。妈妈和我也许与米海尔和汉娜擦肩而过，没有在意他们。我和母亲在塔拉桑塔楼的冬日，与我开始撰写《我的米海尔》那个冬日，中间相隔了十三年。）①

作家没有参加母亲的葬礼，这段经历出现在《了解女人》中。伊芙瑞娅死后，妮塔也出于健康原因没有参加母亲的葬礼：

> 我没有参加妈妈的葬礼。莉莉亚阿姨，莉亚·卡什利—巴—萨姆哈被视为研究一般情感尤以研究儿童教育见长的专家，害怕埋葬会对儿童心理产生不利影响。②
>
> 妮塔没有参加葬礼，老板也没有去。……一家人带着几

---

① [以] 阿摩司·奥兹：《爱与黑暗的故事》，钟志清译，译林出版社 2007 年版，第 514 页。
② 同上书，第 530—531 页。

个同去的邻居和熟人回家的时候，看见老板和妮塔正面对面坐在起居室里下跳棋。纳克狄蒙·卢布林和其他在场的人都不赞同，但考虑到妮塔的健康状况，只好迁就他；至少他们没说什么。约珥也不会不介意。①

母亲去世后家里秩序大乱，该场景也进入作家的作品《费玛》：

灾难过后几星期，家里乱得一塌糊涂。我和父亲谁也不收拾铺着油布的厨房餐桌上的残羹剩饭，我们把碗碟泡在洗涤槽的污水里，碰都不碰，直到连一个干净的都没了，我们才从里面掏出几只盘子、几把刀叉，在水管下冲洗干净，用完后放回已经开始发臭的一堆餐具上。垃圾箱塞满，味道难闻，因为我们谁都不愿倒垃圾。我们把衣服就近扔到椅子上，如果要用椅子，我们就干脆把椅子上的东西统统扔到地上，地上早已堆积着许多书、纸张、果皮、脏手绢和发黄的报纸。地板四周蒙上了一圈圈灰尘。即使厕所堵了，我们谁也不愿尽举手之劳。一堆堆污垢从卫生间流到走廊里，与乱七八糟的空瓶子、卡片盒、旧信封和包装纸混在一起。②

费玛的厨房看上去总像是被主人在仓皇之中撇下了似的。洗涤槽下塞满了空瓶和蛋壳，案台上放着几个没盖的罐子，饭桌上是已经凝固的果酱油渍、吃了一半的酸奶、炼

---

① [以] 阿摩司·奥兹：《了解女人》，柯彦玢、傅浩译，译林出版社2007年版，第21页。
② [以] 阿摩司·奥兹：《爱与黑暗的故事》，钟志清译，译林出版社2007年版，第532页。

乳、面包屑和黏糊糊的斑点。①

继承与创新的创作语境也激发了奥兹女性想象的自觉。19世纪以来的希伯来小说有两大走向：门德勒开创的社会经济、政治表现走向；弗里希曼、别尔季切夫斯基首创的心灵世界展现走向。阿格农另立一宗，使两者达到完美平衡。奥兹本人深受阿格农与别尔季切夫斯基的影响。

然而，将阿格农和布伦纳的短篇小说联系在一起的不是某种共同爱，而是某种共同恨。所有虚假的，修辞上的，或者是第二次阿里亚（第一次世界大战时期结束的移民浪潮）世界里的妄自尊大所造成的浮夸，犹太复国主义现实中所有不真实或是自命不凡的东西，在那一时代犹太生活中所有舒适安逸的，伪装圣洁的中产阶级的自我放纵，均遭到阿格农和布伦纳同样的憎恨。布伦纳在创作中用愤怒的锤子将所有这一切打得粉碎，而阿格农用辛辣尖刻的讽刺将谎言与伪装戳穿，释放了使之膨胀的恶臭。②

尽管我为摆脱他的影响而付出了巨大努力，但是我从阿格农那里所学到的东西，无疑仍在我的创作中回响。③

---

① ［以］阿摩司·奥兹：《费玛》，范一泓、尉颖颖、徐惟礼译，译林出版社2001年版，第70页。
② ［以］阿摩司·奥兹：《爱与黑暗的故事》，钟志清译，译林出版社2007年版，第76页。
③ 同上书，第78页。

同时，奥兹是新浪潮作家①的一员，新浪潮作家的小说往往与社会现实（通常是边缘现实）保持一致②，"保持个人经历与他和民族无法摆脱的联系之间的微妙而又适度的平衡。"③"在阿摩司奥兹的小说中，人物热衷于摈弃，甚至毁坏犹太复国主义理想，至少认为犹太复国主义是一个悖论。"④"在奥兹看来，恶魔就存在于犹太复国主义通用情节之内，存在于犹太复国主义意识形态的主张中，存在于奠基之父强加给后辈的把浪漫渴望、焦虑和实用主义不安定地结合在一起。"⑤

奥兹比较富于自我意识，其小说摈弃了犹太复国主义的通用情节，不再描写先辈"帕尔马赫一代"⑥作家笔下的那些带有意识形态先驱色彩的复国主义理想人物，而倾向于通过描述处于边缘地位的现代犹太女性的生存感受来表现犹太人的个体生命体验，表达自己对犹太人群体生存状况的思考。

---

① "新浪潮一代"是20世纪50年代末至70年代初登上以色列文坛的作家，他们不再像前辈"帕尔马赫一代"那样刻意描写超凡脱俗的英雄和轰轰烈烈的壮举，而是侧重描写凡人琐事，注重表现个人和家庭的忧患以及他们对生活的思考。但他们还无法置身犹太民族复兴事业之外，他们在创作中流露着对犹太民族苦难历程的回顾。参见［以］亚伯拉罕·B. 约书亚《三天和一个孩子·作者中文版序》，陈贻绎译，中国社会科学出版社1994年版，第11页。

② 参见［以］格尔绍恩·谢克德《现代希伯来小说史》，钟志清译，商务印书馆2009年版，第14、248、244页。

③ ［以］亚伯拉罕·B. 约书亚：《三天和一个孩子·作者中文版序》，陈贻绎译，中国社会科学出版社1994年版，第11页。

④ ［以］格尔绍恩·谢克德：《现代希伯来小说史》，钟志清译，商务印书馆2009年版，第275页。

⑤ 同上书，第277页。

⑥ "帕尔马赫一代"即"为现代以色列国创建而战斗的一代"，为1948年至20世纪50年代末登上文坛的以色列作家，是20世纪现代希伯来文学承前启后的一代。由于他们的生活和经历与以色列国的创建紧密相连，他们的作品大多以军人为国立功、农民为基布兹创业为题材，描绘不同凡响的英雄、伟人，展示史诗般的宏伟主题。代表人物有撒迈贺·伊兹哈尔、摩西·沙米尔、约·希伦纳、塞·约·阿格农、哈伊姆·哈扎兹等。

四　创作实践：女性婚恋主题贯穿始终

奥兹的小说创作体现了"新浪潮一代"的创作特点。他概括"我的小说主要探讨神秘莫测的家庭生活"[①]，"假如你一定要我用一个词来形容我书中所有的故事，我会说：家庭。要是你允许我用两个词来形容，我会说：不幸的家庭。"[②] 而在关注不幸的家庭时，奥兹关注得更多的是女性的不幸。

奥兹第一部短篇小说集《胡狼嗥叫的地方》（1965）中女性的婚恋问题便频频出现。同名短篇小说中，坦尼娅与丈夫萨什卡（基部兹创始人与活跃的政治家）的感情是失败的，坦尼娅的女儿加里拉身上甚至流淌着流浪者马蒂亚胡·达姆科夫或其表弟利奥的血液。《游牧人与蝰蛇》中，平庸的姑娘葛优拉因毫无吸引力而遭异性冷落，陷于苦闷中。她在树林中邂逅牧羊的贝都因人并与之产生了肉体上的相互吸引，这种吸引力却因文化差异、沟通障碍的存在而迅速扭曲并夭折。备受压抑的葛优拉尝试报复贝都因人但死于蝰蛇。《风之道》中莱雅格林斯潘被希伯来工人运动领袖施姆顺·欣鲍姆俘获，成为其传宗接代的工具。莱雅格林斯潘只获得短短三个月的婚姻，她对儿子的抚养权也被强势的丈夫剥夺。《志未酬，身先死》中的舍尔金认为"一个男人必须努力留下些死亡所不能磨灭的痕迹，不然就白白在这世上走了一遭"，所以，他离开妻子和基部兹去浪迹天涯。他这种不负责任

---

① [以] 阿摩司·奥兹：《沙海无澜·致中国读者的一封信》，姚乃强、郭洪涛译，译林出版社1999年版，第12页。

② [以] 阿摩司·奥兹：《爱与黑暗的故事·中文版前言》，钟志清译，译林出版社2007年版，第1页。

的行为彻底断送了妻子扎什卡的幸福,妻子后来性情大变。《特拉普派隐修院》中,面对阿拉伯人的挑衅,犹太人小分队的报复行动频繁,小分队中的精英、战斗英雄以彻使男男女女为之着迷,漂亮又性感的姑娘布鲁瑞深爱以彻。以彻不停地招惹布鲁瑞但又经常在公共场合粗暴羞辱布鲁瑞,布鲁瑞只是以彻激烈战斗后的肉体与情感宣泄对象,是物一般的存在。《怪火》中莉莉与约瑟夫·亚登的婚姻只维持了短短4个月的时间,后来她嫁给了埃里克·丹南伯格并与之生下女儿黛娜,之后又与丹南伯格离婚。《空心石》中亚伯拉沙带着狂野的激情离开基部兹、妻子和罹患肺炎的幼女,兴高采烈地去参加西班牙内战,阵亡后成为犹太人的怀旧载体。他的出走、阵亡使妻子马蒂雅与女儿迪查性格扭曲、心理变态。《在这邪恶的土地上》中,暴君基列的女战俘、侍妾——亚扪女贵族皮特达被以基列正妻为代表的犹太人侮辱为妓女,其子耶弗他被歧视,她死后耶弗他甚至被血统纯正的兄长们驱逐。

女性爱情婚姻悲剧主题也出现在奥兹的第一部长篇小说《何去何从》(1966)中。伊娃抛弃丈夫鲁文与堂兄弟私奔,伊娃的坏名声使孩子们生活在流言蜚语的阴影中。鲁文与同情并照顾他的同事布朗卡成了情人,鲁文的女儿诺佳与鲁文间有了看不见的裂痕,抱着同病相怜、寻找父爱与感情庇护的心理她频频与布朗卡的丈夫埃兹拉相会,埃兹拉带着复杂的心情,其中当然不乏报复心理,与年仅16岁的诺佳发生关系使其生下一个私生子。两个失败的家庭深深地影响了诺佳,使诺佳的成长与爱情之路上满是坎坷与泥泞。

这一主题在奥兹的其他小说中不断重复。《我的米海尔》

(1968)以汉娜作为第一人称叙事,开篇就是主人公的情感困境,"我之所以写下这些是因为我爱的人已经死了。我之所以写下这些是因为我在年轻时浑身充满着爱的力量,而今那爱的力量正在死去。我不想死。"① 就读于耶路撒冷希伯来大学文学系的女主人公汉娜与学者米海尔邂逅并相爱,但他们的感情在婚礼前便出现问题,他们的婚礼上也弥漫着不和谐的气氛。结婚后汉娜潜藏已久的情欲苏醒却只能期待,她畏惧沟通并在内心充满屈辱感。经济上的窘迫、沟通上的障碍、家族对家庭内部事务的插手使汉娜备感窒息、噩梦连连、陷入忧郁,她变得神经质、歇斯底里,后自虐甚至有自杀倾向。

之后,短篇小说《鬼使山庄》(1976)中鲁思抛弃了丈夫汉斯与年幼的儿子,与猎艳老手、英国的瑟阿兰将军私奔。短篇小说《鬼使山庄·思念》中米娜与纳斯博姆医生劳燕分飞。长篇小说《沙海无澜》(1982)中,约里克是前任内阁成员、工党领袖,现任基部兹书记。他专横跋扈,对政治满怀激情,对往昔的辉煌岁月也满怀激情。本耶明爱着约里克的妻子哈瓦,约里克的专横使哈瓦终生思念本耶明。约里克和哈瓦的儿子约拿单置身于基布兹备感压抑,精神深度迷茫的他无法和妻子丽蒙娜过上正常的家庭生活。丽蒙娜怀孕,约拿单拒绝接受孩子,丽蒙娜只好去做了流产手术,因手术后遗症而几乎失去生育能力的丽蒙娜变得精神麻木,迥异于常人。约拿单一度抛弃了妻子去寻求梦想的生活。《黑匣子》(1987)中相爱的伊兰娜和阿历克斯经过相互折磨后离

---

① [以]阿摩司·奥兹:《我的米海尔》,钟志清译,译林出版社1998年版,第1页。

异,伊兰娜与第二任丈夫米晒勒的婚姻没有任何激情,伊兰娜又与患重病的前夫纠缠不清,伊兰娜的第二次婚姻同样是失败的。《了解女人》(1989)中约珥的妻子伊芙瑞娅离奇而暧昧地与单恋她的男邻居一起触电而死;女邻居安玛丽只能与约珥共度有欲无爱的夜晚却无法进入他的内心,最后黯然神伤地离开。《费玛》(1991)中费玛要求妻子约珥堕胎,约珥与之离婚,再婚后的约珥依然没有找到爱情与幸福,而费玛与诸多情人间再没有了和谐。《莫称之为夜晚》(1994)中诺娅4岁时其母与一个来自新西兰的士兵私奔,并双双被一只愤怒的母虎撕得粉碎,诺娅的父亲在以后的岁月里意志消沉、闷闷不乐,而曾经富有激情的西奥与诺娅之间也产生了看不见的裂痕。《爱与黑暗的故事》(2002)中,范妮娅父母的不幸婚姻持续了60年,范妮娅姐妹几个痛苦不堪。而范妮娅自己的婚姻生活也不幸福,如在妹妹眼中,即便是新婚不久,范妮娅身上也未绽放出应有的幸福光彩;后来范妮娅患上深度抑郁症、濒临自杀时,丈夫阿里耶却在外寻找自己的快乐,儿子甚至撞到阿里耶的约会:

> 我也看出范妮娅的感觉不那么好,她面色苍白,甚至比以前更加沉默。……她也就刚怀孕三个月,但是双颊似乎有点塌陷,嘴唇苍白,前额似乎蒙上了一层阴云。她的美并没有消失,相反,像是蒙上了一层灰色的面纱,直到最后她也没有能够把面纱揭开。[①]

---

① [以]阿摩司·奥兹:《爱与黑暗的故事》,钟志清译,译林出版社2007年版,第201—202页。

第一章　阿摩司·奥兹女性想象的自觉

记忆欺骗了我。我现在想起曾经完全忘却了的事情。我重又想起十六岁那年发生的事，而后又再次忘记。今天早晨，我想起的不是事件本身，而是事件发生之前的往事，离今天有四十多年了，仿佛一轮旧月映现到窗玻璃上，又从玻璃上映现到湖面，记忆从湖面撷取的不是映像本身，映像本身已经不复存在，剩下的只是一堆白骨。

是这样。现在，在这里，在阿拉德，在一个秋天早上六点半，我冷不丁看到轮廓极其分明的一幅画面：1950年或1951年冬日午饭时分，天空阴云密布，我和朋友鲁里克沿着雅法路走到锡安广场附近，鲁里克轻轻捅捅我的肋骨悄悄地说，嗨，你往那边看，坐在那儿的不是你爸爸吗？咱们赶紧溜吧，免得他看见并意识到我们逃了阿维沙的课。于是我们逃之夭夭，但是离开时，我透过西海尔咖啡馆的玻璃前脸儿，看见父亲就坐在里面，放声大笑，一个女人背朝窗子和他坐在一起，父亲抓过她一只手——她戴着一只手镯——放在自己的嘴唇上。我从那里逃离，从鲁里克的眼前逃离，从那以后我从未完全停止逃离。

亚历山大爷爷总是亲吻年轻女士的手。我父亲只是有时这么做，此外，他只是拿起她的手，弯腰看她的手表，与自己的进行比较，他几乎对每个人都那么做，手表是他的癖好。我只逃过这一次课，此次逃课专门去看在俄国大院里展出的烧毁了的埃及坦克。我永远不会再逃课了。永远不。[①]

[①] ［以］阿摩司·奥兹：《爱与黑暗的故事》，钟志清译，译林出版社2007年版，第413—414页。

爱情婚姻问题贯穿于奥兹小说创作的始终。虽然奥兹在生活中经历过英国托管、地下运动、以色列建国、几次中东战争等历史事件，奥兹本人也深切关注着犹太民族的历史与现实状况，但在小说创作上他却不讲究宏大叙事，而是通过娴熟地描述日常家庭生活尤其是女性的情感生活来展示自己对20世纪巴勒斯坦犹太人尤其是犹太女性生存状况的关注。奥兹用对女性爱情婚姻问题的生动描述，实践着自己"你身在哪里，哪里就是世界中心"的创作主张。

第二章

贫瘠土地上枯萎的花朵

阿摩司·奥兹小说中的女性犹如温室中精心培育的名贵花卉，对物质有着很强的依赖性。但一如温室中的奇花异草无法生存在贫瘠的盐碱地，也无法承受冰霜雪雨的肆虐，奥兹小说中的很多女性始终无法适应巴勒斯坦的艰苦生活与动荡不安的环境。奥兹将这些犹太女性的生存感受诉诸笔端，而与这些描写密切相关的，是这些女性被规约、被凝视、被消费主义文化影响的事实，以及奥兹本人的俄狄浦斯情结。通过对父辈男性生存能力的否定，通过对艰苦生活环境中女性的精神困境的描写，奥兹不仅曲折地表现了对父亲的憎恨，而且实践了自己的弑父行为。

一 于匮乏与恐惧中生存的犹太人

18世纪末19世纪初的反犹浪潮使大批犹太人返回"上帝应许之地"巴勒斯坦，1882年巴勒斯坦的犹太人有2.4万，到1948

年，巴勒斯坦的犹太人口达到 65 万。① 此后仍有移民源源不断地涌入巴勒斯坦。

巴勒斯坦地中海滨海平原适合人居住，但还有大面积的"士非拉的石灰岩山地、撒玛利亚山地、犹大高地等许多地区，大多土质贫瘠、孤寂荒芜"②，需要经过拓荒者们长时间辛苦劳作后才可能适合人生存，所以呈现在移民们面前的巴勒斯坦并非他们一直怀念着的"流奶与蜜之地"。新移民到来后，面临的最大困难是工作、住房与物资的奇缺。大量移民尤其是大量高素质犹太人移民的到来造成专业技术人员过剩，"当时的耶路撒冷到处是波兰和俄国移民，以及从希特勒魔爪下逃脱出来的难民，里面有许多著名大学里的泰斗，教师和学者的数量比学生还多"③，许多专业技术人员只能做普通职员，甚至从事体力劳动，移民们的收入和生活水平普遍较低。奥兹在自传体巨著《爱与黑暗的故事》中对巴勒斯坦犹太人面临的物质极端匮乏的现象作了详细的描写：主人公一家人住在阴暗潮湿的地下室里；父亲阿里耶只能在二十五瓦灯泡的惨淡灯光中伏案工作到凌晨两点而弄坏眼睛；因为节俭，用电炉取暖绝对禁止点燃第二组电阻丝。小说对作家童年时居住环境的描写、对主人公母亲去世前夕以色列生活场景的相关描写非常具有代表性：

> 我在楼房最底层一套狭小低矮的房子里出生，长大。父

---

① 肖宪：《中东国家通史·以色列卷》，商务印书馆 2001 年版，第 65—111 页。
② 刘洪一：《犹太文化要义》，商务印书馆 2004 年版，第 35 页。
③ [以] 阿摩司·奥兹：《爱与黑暗的故事》，钟志清译，译林出版社 2007 年版，第 132 页。

第二章　贫瘠土地上枯萎的花朵

母睡沙发床，晚上拉开的床从墙这头摊到墙那头，几乎占满了他们的整个房间。早上起来，他们总是把床上用品藏进下面床屉里，把床垫翻过来，折拢，用浅灰床罩罩得严严实实，上面放几个绣花靠垫，于是夜间睡觉的所有痕迹荡然无存。他们就是这样把自己的房间用作卧室、书房、阅读间、餐厅和客厅。①

1951年到1952年的冬天，整个以色列暴雨滂沱，几乎不见停歇。阿亚龙河，穆斯拉拉河谷，水流扑岸，淹没了特拉维夫的莫提费奥地区，并有即将淹没其他地区的危险。滔滔洪水给临时难民营造成了极大破坏，帐篷、瓦楞铁或帆布棚屋里挤满了从阿拉伯国家逃来的一无所有的犹太难民，还有逃脱希特勒魔爪从东欧、巴尔干来的犹太难民。有些难民营已经遭洪水阻隔，濒临饥饿与瘟疫的危险。以色列国家还不到四岁，只有一百万多一点的人居住其中，其中三分之一是身无分文的难民。以色列由于在防卫中付出了沉重的代价，加上接纳难民，还由于官僚政治恶性膨胀、管理体制笨拙，因此国库空虚，教育、健康和福利服务濒临崩溃边缘。那周周初，财政部长大卫·霍洛维茨肩负紧急使命飞往美国，希望一两天之内得到一千万美元的短期贷款以战胜灾难。②

母亲看到一排排涂抹了灰泥的建筑，这些建筑只盖了三

---

① [以] 阿摩司·奥兹：《爱与黑暗的故事》，钟志清译，译林出版社2007年版，第1页。

② 同上书，第536—537页。

四年，已经露出坍塌的迹象：油漆剥落，碎裂的灰泥随霉菌变绿，铁护栏在咸海风的侵蚀下生锈，硬纸板、胶合板封住的阳台犹如难民营，商店招牌已经脱链，花园里的树木因得不到关爱正在死去，用旧木板、瓦楞铁和柏油帆布在楼与楼之间搭建的储藏棚舍，破败不堪。一排排垃圾箱，有些已经被野猫掀了个底儿掉，垃圾散落到灰沉沉的混凝土石头上。晾衣绳从一个阳台拴到另一个阳台，横穿街道。不时，被雨水打湿的白色和彩色内衣无助地卷动，在绳上任高风吹打。①

这种生活场景反复出现，如《地下室里的黑豹》有相似的描写：

我帮他们折起床，床一合拢，就立刻伪装成了诚实的沙发。它没有什么可疑的，甚至不要想象它有完全私密的内在空间——隐藏起来的床垫、枕头、床单和睡衣。听都没听说过。②

移民还面临安全问题。巴勒斯坦的阿拉伯人口在1939年也超过了百万。在经过奥斯曼土耳其人近400年的统治后，阿拉伯经济文化都十分落后。20世纪初兴起的阿拉伯民族主义在巴勒斯坦阿拉伯人中也产生了一定的影响。犹太复国主义者源源不断地到来，不仅在政治上对阿拉伯人产生了影响，而且在经济上也给阿

---

① [以]阿摩司·奥兹：《爱与黑暗的故事》，钟志清，译林出版社2007年版，第539—540页。
② [以]阿摩司·奥兹：《地下室里的黑豹》，钟志清，译林出版社2012年版，第129页。

拉伯人带来了冲击，农民们因失去土地而流离失所，贝都因人失去了他们的草场。双方的宗教文化差异也导致了冲突的产生。对巴勒斯坦实行临时托管的英国摇摆不定的政策，进一步刺激了双方暴力活动的蔓延。1920年、1921年、1929年巴勒斯坦都有流血冲突事件发生，1936年巴勒斯坦发生了阿拉伯人大规模的武装起义。以色列建国的第二天，阿拉伯世界就发起了第一次"阿以战争"，一直到1973年，以色列与阿拉伯国家间共进行了四次中东战争。从大规模移民至今，巴勒斯坦犹太人一直被阿拉伯世界包围着，各种形式的冲突从未间断过。战争与冲突的威胁与反犹主义、大屠杀遗留下来的恐惧交织在一起，深刻地影响了犹太人。奥兹描写了这些冲突对犹太人的影响。《爱与黑暗的故事》中，小主人公家人每次与亲戚通电话时都彼此反复询问安好问题，言辞中弥漫朝不保夕的恐惧感；屠杀与死亡的恐惧使主人公童年时甚至希望自己变成一本书：

> 生活靠一根细线维系。我现在明白，他们一点也不知道能否真的可以再次交谈，或许这就是最后一次，因为天晓得将会出什么事，可能会发生骚乱，集体屠杀，血洗，阿拉伯人可能会揭竿而起把我们全部杀光，可能会发生战争，可能会出现大灾难，毕竟希特勒的坦克从北非和高加索两面夹击，几乎要抵达我们的门口了，谁知道等待我们的会是什么。空洞无物的谈话实则并不空洞，只是笨拙罢了。①

---

① [以] 阿摩司·奥兹：《爱与黑暗的故事》，钟志清译，译林出版社2007年版，第11页。

我小时候希望自己长大后成为一本书,而不是成为作家。人可以像蚂蚁那样被杀死,作家也不难被杀死,但是书呢,不管你怎样试图要将其进行系统的灭绝,也会有一两本书伺机生存下来,继续在雷克雅内斯梅岭、巴利亚多利德或者温哥华等地,在某个鲜人问津的图书馆的某个角落享受上架待遇。①

的确,烧书也不难,但要是我长大后成为一本书,至少有良机可单独生存下来,如果不是在这里,那么则在其他某个国家,在某一座城市,在某个偏远的图书馆,在某个被上帝遗弃了的书架的角落。②

《地下室里的黑豹》中,小主人公独自待在自己家里时很容易就被死亡的威胁和极端恐怖的氛围笼罩:

我孤零零一人在家里做什么,正如我所知,这个家很快就会由小而舒适变得大而邪恶,一夜夜、一周周、一年年,孤零零一人在家,孤零零一人在耶路撒冷,完全孤零零,因为我的祖父母(父母双方的)、姨妈和伯伯们都被希特勒杀害了,等他们到了这里,会把我从放笤帚的柜橱里那可怜的藏身地点拖出,把我也给杀了。醉醺醺的反犹英兵,或是好杀戮的阿拉伯帮。因为我们是少数,我们是正确的,我们始

---

① [以]阿摩司·奥兹:《爱与黑暗的故事》,钟志清译,译林出版社2007年版,第23—24页。
② 同上书,第303页。

终正确，但我们始终是少数，四面受困，在世界上没有一个朋友。①

二 严霜中凋零的娇花

奥兹小说中的很多犹太人是因生存所迫被动迁居巴勒斯坦，而不是为了复国主义理想主动投身到此，尽管他们大都有着炽烈的复国主义理想。《鬼使山庄》中鲁思因为反犹主义浪潮和家庭变故移民巴勒斯坦。她一直想逃往美国，但欧洲纳粹活动猖獗，航线中断。鲁思几近精神崩溃，无奈之下才维持自己在巴勒斯坦的生活。《爱与黑暗的故事》中，十月革命后父亲一家由敖德萨迁往维尔纳，因为巴勒斯坦土地上的生活条件在他们看来非常亚洲化，直到1933年维尔纳的排犹主义出现高潮时他们才迁居巴勒斯坦。

十月革命、内战和红色胜利后的困惑、贫困、审查和恐惧，使敖德萨的希伯来作家们和犹太复国主义者四处逃散。②

亚历山大爷爷、施罗密特奶奶和他们的两个儿子没有移居巴勒斯坦——尽管在亚历山大爷爷的诗歌中跳动着犹太复国主义的激情，但是那片土地在他们眼里太亚洲化，太原始，太落后，缺乏起码的卫生保障和基本文化。于是他们去了立陶宛，那里是克劳斯纳一家，爷爷、约瑟夫伯伯和拜茨

---

① ［以］阿摩司·奥兹：《地下室里的黑豹》，钟志清译，译林出版社2012年版，第128页。
② ［以］阿摩司·奥兹：《爱与黑暗的故事》，钟志清译，译林出版社2007年版，第104页。

阿里勒的父母二十五年前离开的地方。维尔纳依旧在波兰的统治之下，激烈的反犹主义在那里从未间断，一年年愈演愈烈。民族主义和恐外症在波兰、立陶宛一直起支配作用。庞大的犹太少数民族对于被征服得服服帖帖的立陶宛人来说，仿佛是压迫者体制的代言人。边境那边，德国正遍布着新的、冷酷凶残的仇犹纳粹。①

在1933年施罗密特和亚历山大·克劳斯纳，那两位已对欧洲失望的恋人，与他们刚刚完成波兰文学和世界文学学士学位的幼子耶胡达·阿里耶兴味索然，几乎是不太情愿地移民到亚洲化的亚洲，移民到爷爷年轻时代写下的感伤诗歌中一直向往的耶路撒冷。②

所以，大部分移民的"应许之地"是欧洲而非巴勒斯坦，移民是他们的被动选择，他们对移民后的艰苦生活既没有充分的思想准备，也没有积极的心态。

巴勒斯坦物质生活的艰苦与不安全远远超出了女性的想象和承受能力，这些女性做出了种种消极反应。移民后的鲁思常年住在石砌小屋中，大屠杀幸存者房客米提亚噩梦中的惊叫刺激着她的神经，丈夫需要借来不合体的礼服才能参加舞会……于是，鲁思迁怒于丈夫，对丈夫满腹仇恨，她恶毒地攻击丈夫：

---

① ［以］阿摩司·奥兹：《爱与黑暗的故事》，钟志清译，译林出版社2007年版，第104—105页。

② 同上书，第108页。

第二章　贫瘠土地上枯萎的花朵

汉斯，当你像玩具熊那样伴着你曾经治疗过的那位老太太跳舞的时候，我会穿着蓝色长裙，独自坐在露台尽头的柳条椅上呷马提尼，自得其乐。然后，我会突然站起来，去和耶路撒冷总督跳舞，甚至和阿兰爵士本人跳舞。这时就该轮到你坐了，你一定不会开心的。①

她还曾歇斯底里地朝年幼的儿子发泄："一切都烟消云散了！""死去了！过去了！失去了！"②鲁思痛恨匮乏、渴求奢华这一预设，使《鬼使山庄》与《包法利夫人》的故事情节高度相似：因救治了生病的贵族，并不热衷社交活动但努力满足妻子浪漫精神需求的医生应邀参加舞会，舞会最终诱导妻子走向堕落与不忠，毁掉了医生与医生孩子的生活。但汉斯与"人行道般平板"的查理·包法利并不相似，他洞悉妻子的心理，曾给年幼的儿子打预防针："妈妈生长在富有和奢华的环境里。她有时不太适应这里的环境。你在这里土生土长，可能有时会对她的举动感到吃惊。可你是个聪明的孩子，我相信在妈妈伤心或者渴望到一个完全不同环境的地方去的时候，你不会生气。对吗？"③带有鲜明拓荒者特征并能预见鲁思弃家而逃的汉斯并非愚钝、平庸之辈，鲁思的私奔不能归咎于汉斯的人格、教养、品位与个人魅力等，鲁思的私奔与艾玛的堕落相比，驱动因素更为单一。

与《鬼使山庄》相似，《我的米海尔》中，怀孕后的汉娜变

---

①　[以]阿摩司·奥兹：《鬼使山庄》，陈腾华译，南海出版公司2006年版，第16页。
②　同上书，第22页。
③　同上书，第35页。

得神经质，因经济上的窘迫与丈夫冲突不断。汉娜抱怨丈夫"他必须意识到，我不能适应眼前这种浪漫。连件孕妇装也没有。每天穿着便服，既不合体，也不舒服。怎么能够使自己妩媚动人呢？"①妩媚动人对于汉娜来讲，是生存的必要条件。《黑匣子》中伊兰娜一家三口住在一间半房子内，负担不起儿子的学费，家庭面临的经济困境是伊兰娜背叛丈夫米晒勒而向前夫阿历克斯倾斜的重要原因。奥兹还在《爱与黑暗的故事》中揭示了移民后短短几年的经济匮乏及经济匮乏带来的乏味生活对范妮娅的折磨与影响，这种折磨与影响使范妮娅越来越忧郁，花朵般逐渐委顿。对于母亲的自杀，奥兹坦言"她去世的那一年，1952年，有的只是匮乏和无聊"②。

> 几年后，在凯里姆亚伯拉罕，在阿摩司大街，在狭窄潮湿的地下室，罗森多夫一家楼下，伦伯格一家旁边，周围是锌桶、腌小黄瓜，以及在一只锈渍斑斑的橄榄桶里渐渐死去的夹竹桃，终日受到卷心菜、洗衣房、煮鱼气味以及尿骚的侵袭，我妈妈开始枯萎。她或许能够咬紧牙关，忍受艰辛、失落、贫穷，或婚姻生活的残酷。但我觉得，她无法忍受庸俗。③

---

　① [以] 阿摩司·奥兹：《我的米海尔》，钟志清译，译林出版社1998年版，第56页。
　② [美] 吉塞拉·达克斯：《在我眼中，以色列是一个正在成熟中的少女》，陆志宙译，《译林》2007年第5期。
　③ [以] 阿摩司·奥兹：《爱与黑暗的故事》，钟志清译，译林出版社2007年版，第218—219页。

三 被规约、被凝视的消费主义者

奥兹笔下的女性对物质生活有着非常高的依赖性。原因之一是，一部分女性在移民前过着养尊处优的生活，接受了客居地的传统性别观念，她们在移民前尚未充分完成社会化过程，不具备健全完整的社会化人格与顽强的生存能力。如在《爱与黑暗的故事》中，奥兹描写了范妮娅移民前的成长经历。范妮娅家境富裕，其父亲精明能干又胸怀宽广，姐妹三个在纯净甚至唯美的环境中长大：

我妈妈在带有朦胧美的纯洁精神氛围里长大,其护翼在耶路撒冷石头铺就的又热又脏的人行道上撞碎。她长成一个漂亮优雅的磨坊主的女儿,住在都宾斯卡大街的宅邸里,那里有果园,有厨师,有女佣,或许她们在那里把她养得酷似那个牧羊女,那个被美化了的双颊绯红、穿了三层衬裙的牧羊女,她憎恨那幅画面。

拉着窗帘的窗子,将范妮娅·穆斯曼的童年保护得严严实实,就在这窗子背后,潘尼·波尔考夫尼克深夜把一颗子弹射进大腿,另一颗子弹射入头颅。拉夫佐娃公主往手上钉了一颗锈钉,体验某种救世主的疼痛,替他忍受。多拉,女佣女儿怀了母亲情人的孩子,酒鬼斯泰来斯基在打牌时输掉了自己的妻子,而她,他的妻子伊拉,在纵火焚烧英俊安东的空棚屋时最终把自己活活烧死。但是所有这些事情发生在双层玻璃的另一边,发生在塔勒布特那令人惬意、明朗知性的圈子之外。它们都无法进入我妈妈的童年,无法严重损害她童年的欢乐时光,当然我妈妈的童年也轻轻敷上一层淡淡的哀愁,它非但不会造成损害,而且只是赋予了一层神采,使之更加甜美。①

通过营造这种纯净的生活环境,父母要培养的是优雅、忠贞、远离肉体诱惑的纯净的女儿,是优雅脱俗的女性,是未来最合格的贤妻良母。在无菌环境中,生活中常见的诸多两性问题自

---

① [以] 阿摩司·奥兹:《爱与黑暗的故事》,钟志清译,译林出版社2007年版,第218页。

第二章 贫瘠土地上枯萎的花朵

然被摒弃在外。

她从自己的丈夫那里逃跑,确实事出有因——他可能是有几分天才特征的人物,但是他是个醉醺醺的天才,有时他打牌时把她输掉,也就是他把她交出去一夜,代替输掉的钱,你明白我说的是什么意思吗?

我记得就这件事情问过我的母亲,她脸色惨白,对我说,索尼耶奇卡!你真不害臊!别说了,听见了没有?从现在开始不要想这样令人不快的事情,开始想一想美好的事情!因为大家都知道,索尼耶奇卡,即便一个女孩子只在心里想想那样的事,就会浑身上下长毛,她开始像男人一样声音丑陋深沉,这之后没有人愿意娶她。①

当我是个姑娘时,当我还是个人称出身好人家的年轻女子时,"在他和她之间"满是刀光、毒药和令人恐怖的黑暗。像光着脚丫在毒蝎肆虐的地下室里摸黑行走。我们完全处在黑暗中。把一切掩饰起来。没有谈及。②

我们当姑娘那会儿,贞洁既是笼子,也是你和深渊之间的唯一横杆。它像三十公斤的石头压在一个姑娘的胸口。即使在深夜里所做的梦中,贞洁依然醒着,站在床边,仔细查看她,于是她在早晨醒来之际会羞愧难当,即便无人知晓。③

---

① [以] 阿摩司·奥兹:《爱与黑暗的故事》,钟志清译,译林出版社 2007 年版,第 169—170 页。
② 同上书,第 184 页。
③ 同上。

"性，作为生物的构成，指的是男女与生俱来的生物属性；性别角色，作为社会的构成，指的是通过社会化过程得到的与生物性别相关的一整套社会规范的期望和行为。"[①] 人类学家 H. 鲍里（1957）比较了一百多个未开化的团体的教育模式及这些模式下形成的不同性别角色，发现性别角色更大程度上是社会因素而非生物因素塑造的。相比先天的自然性别，社会性别及性别角色是在人的社会化过程中后天形成的，教育是人获得社会性别的重要方式。1792年，玛丽·沃斯通克拉夫特在《女权辩护》中首次明确提出，后天所接受的教育是两性不平等的根源。随着社会的进步，女性拥有了和男性同等的在学校接受正规教育的权利，但"由于教育本身及社会化的标准都是社会特定发展阶段的产物，在人类父权社会一直占主导地位的男性中心文化灌溉下成长的教育，未必能产生出真正的两性平等"。[②] 在男女不平等的社会条件下，女性所接受的教育在内容和形式上都迥异于男性，体现出以男性权力为核心的价值标准。女性逐步获得贤妻良母的角色特征与所谓的"女性气质"的过程，是女性逐渐被男性权力规范、将男性需要内化的过程，在这一过程中女性失去了成长能力与主体性，成为不完整、不健全的被规约者。

所以，父母为范妮娅姐妹强力、人为地营造出的纯净生活环境，在成功地摈弃与过滤掉了私情、堕胎等"不纯洁"内容的同时，也摒弃与过滤掉了现实生活中客观存在的阶级斗争、经济纠纷、生存的艰辛及其他阴暗的内容。这种无菌的真空环境成为女

[①] 杨青：《从心理层面看性别角色差异对女性的影响》，《社会》2004年第1期。
[②] 聂琴：《女性教育与女性社会化之路》，《思想战线》2003年第5期。

性获取自身主体性和成长能力的巨大障碍。奥兹笔下出身良好的犹太女性在被迫移民、面对艰苦的生活环境时表现出的脆弱一面，正是其作为被规约者不完整、不健全一面的表现。

原因之二，一些女性是作为男性的凝视对象、消费对象、欲望对象被培养起来的，巴勒斯坦的匮乏使她们失去了舞台，她们感受不到自身的存在价值，无所依附之后另觅舞台。《鬼使山庄》中，鲁思出生在华沙的富有家庭中，酷爱诗歌、跳舞，喜欢束腰长裙和真丝围巾。即便在移民后生活窘迫，即便购置参加舞会的礼服都属于奢侈行为，她都要在极其偶然才有机会参加的舞会前声称"我穿一件V形开领蓝裙去跳舞。我会成为舞后的。我们还要坐出租车去"。① 先天的美丽、移民前的富有生活和良好的教育，确实让鲁思在巴勒斯坦托管时期英国人的舞会上成为奢华、浪漫生活的代表符号。鲁思对不美丽、不吸引人无法忍受，她极力使自己在男人的眼光中迷人、充满魅力。"极具视觉冲击力和情欲感染力的女性身体就成为了男性观看与消费的对象，成为了男性偷窥快感的来源"②，而以满足男性视觉快感与消费欲望为基点来建构自身的女性形象，正是鲁思的努力方向与毕生梦想。

> 身上发出的香味有如秋天的气息。她穿着蓝色的晚装，项链闪亮。灯光映照在她的耳坠上。鲁丝扭动腰身，轻移莲步，亭亭玉立的身段优雅动人。她像一只金丝猫等候在阳台

---

① ［以］阿摩司·奥兹：《鬼使山庄》，陈腾华译，南海出版公司2006年版，第11页。
② 吴颖：《"看"与"被看"的女性——论影视凝视的性别意识及女性主义表达的困境》，《浙江社会科学》2012年第5期。

上，转过裸露的脊背对着屋子，双眼注视着渐渐逝去的夕阳，一条金色的发辫垂在左肩，圆臀紧贴冰凉的石扶栏，随着梦幻的旋律缓缓摆动。①

萨特在《存在与虚无》中对凝视做了论述，他认为凝视中存在着鲜明的主客体关系。梅洛－庞蒂的《知觉现象学》与《可见的和不可见的》也持同样的立场。在拉康看来，凝视体现了主体的欲望。"凝视不只是看，它意味着一种心理上的权力关系，在这种关系中，凝视者优越于被凝视的对象。"②对于凝视与被凝视中存在的权力关系，福柯认为"用不着武器，用不着肉体的暴力和物质的禁制，只要一个凝视，一个监督的凝视，每个人都会在这一凝视的重压下变得卑微"③。福柯还用《规训与惩罚》中的"全景敞式监狱"深刻阐释了这种权力关系，描述了被凝视者的被规约现象。在环形的"全景敞式监狱"中，被囚禁者处处、时时处于被观看的位置上，瞭望塔上的监视者即观看者在凝视的过程中获得了主体身份，被囚禁者即被观看者因被凝视而受到规训，会被动地接受和内化观看者的价值判断。"处于男权文化体系中的女性就是这'全景敞式监狱'里被凝视的囚禁者，而男性则是高高在上、掌控一切的凝视者。"④ 鲁思作为男性欲

---

① [以]阿摩司·奥兹：《鬼使山庄》，陈腾华译，南海出版公司2006年版，第36页。

② Jonathan E. Schroeder, "Consuming Representaton: a Visual Approach to Consumer Rearch", in *Representing Cosumers: Voices, Views and Visions*, ed. Barbara Stern, London: Rout-ledge, 1998, p. 208.

③ 转引自李银河《女性权力的崛起》，文化艺术出版社2003年版，第185页。

④ 吴颖：《"看"与"被看"的女性——论影视凝视的性别意识及女性主义表达的困境》，《浙江社会科学》2012年第5期。

望的客体，在被凝视的过程中被男性欲望所规训，将男性欲望内化为自身的需求。巴勒斯坦艰苦的生活条件无法满足鲁思被凝视的需求，所以她委身于下流的英国将军以逃往欧洲这个大舞台。

原因之三，部分女性或其父母在移民前生活在发达的西方社会，工业文明滋生的消费主义文化深刻影响了她们的消费观念，异化并扭曲了她们与生俱来的罗曼蒂克情结，使其对奢华的物质生活抱有强烈的渴望并有明显的消费主义倾向。以色列建国前后的巴勒斯坦并不存在消费主义文化赖以生存的土壤，这些女性的价值观出现错位，她们因此而陷入精神迷茫中。

在经济学上，消费是一个与生产相对应的概念。传统经济学将消费界定为对使用价值的消费。因资源的稀缺性，在资本主义发展早期人们对消费持贬抑、节制态度，经济学对消费者所作的理性经济人假设则使人们更关注消费的使用价值。但人类消费行为天然地具有文化意义。随着生产率的大幅提高，资本主义国家逐渐步入消费社会，在消费社会中，起主导作用的意识形态是消费主义文化。

"消费主义文化作为20世纪在西方出现的一种文化思潮和生活方式，是一种以推销商品为动力，进而无形中使现代社会普通大众都被裹挟进去的消费至上的价值系统和生活方式。""消费主义作为一种文化——意识形态（cultllre-ideology of consumerism）是不同于一般经济意义的消费。消费主义是指一种生活方式，消费的目的不是实际需要的满足，而是不断追求被制造出来、被刺激起来的欲望的满足，换句话说，从前所消费的不是商品和服务的使用价值,而是它们的符号象征意义。"① 在消费主义文化的影响下,人们消费的更多的是商品的符号价值,消费行为体现了人们的社会地位、品位、个性,炫耀、奢侈性的消费获得了更大的市场。所以布迪厄认为消费具有社会区隔功能,而鲍德里亚则认为,消费符号的泛滥导致拟像与真实背离,最终可能使拟像世界取代真实世界。消费主义文化使人类面临生态危机的同时,还面临意义或信仰危机。"从逻辑顺序上讲,消费主义是价值虚无化的一种体现。正因为人们不能在精神性的信仰中体验到幸福,才会把对物的追求等同于人生价值的实现。但是,消费主义无疑掩盖并加剧了人们的精神危机。消费制造出一种假象,那就是人们在对物的无止境的追求中似乎能够得到某种满足。它导致人们把由消费引起的快感等同于幸福,因而幸福不再是对某种终极的理想信念的追求,而成为每个'消费者'的当下体验的快感。"②

在奥兹笔下部分女性的理想生活图景中,物质具有相当大的权重。如谈及理想,汉娜就声称:

> 我想到欧洲旅行。在家里装一部电话。买一部小车,这样周末能够去海边。小时候,我们有一个名叫拉希铂·沙哈达的邻居。他是个非常有钱的阿拉伯人。现在他们当然是住在一个难民营了。他们在卡塔蒙有幢房子。那是座别墅,环绕庭院而建。房子将庭院紧紧围在当中。你坐在院子里可以

---

① 杨魁、董雅丽:《消费主义文化的符号化解读》,《现代传播》2003年第1期。
② 张容南、卢风:《消费主义与消费伦理》,《思想战线》2006年第2期。

第二章　贫瘠土地上枯萎的花朵

与世隔绝。我想拥有那样一座房子。它坐落在岩石与翠柏之中。米海尔，别急，我的打算还没完呢。我也想要个女佣。一个大花园。①

对此丈夫和儿子揶揄汉娜，最好再配上"一个穿制服的司机"和"一艘私人潜水艇"。在汉娜的人生观中，奢华的物质享受与生活的幸福直接挂钩。同样，在《爱与黑暗的故事》中，迁居巴勒斯坦后范妮娅的母亲也为失去财产而愤怒异常、攻击丈夫：

许多年过去，当他失去了所有的财产，当他几乎赤手空拳来到以色列，他实际上并不觉得特别可怕。相反，他感到周身轻松。他并不在乎身穿一件灰色背心，背上背着一袋三十公斤的面粉，在烈日下汗流浃背。只有妈妈痛苦万分，她咒骂他，冲他大喊大叫，恣意侮辱他，为什么他会一落千丈？扶手椅哪里去了，水晶饰品和枝形吊灯哪里去了？她这把年纪怎么就该活得像个农民，像个农妇，没个厨子，也没个理发师或女裁缝？他什么时候能够重新振作起来，在海法建个新型的面粉厂，使我们可以恢复失去的地位？妈妈就像故事里讲的渔夫的妻子。②

---

① [以] 阿摩司·奥兹：《我的米海尔》，钟志清译，译林出版社1998年版，第204—205页。
② [以] 阿摩司·奥兹：《爱与黑暗的故事》，钟志清译，译林出版社2007年版，第165页。

深受消费主义文化影响的人往往尝试从物质上去满足自身的社会、心理、情感需求。深受消费主义文化影响的女性遭遇巴勒斯坦的艰苦生活时，失掉的不仅仅是舒适与安逸。这些女性失去了幸福感，而且看不到获得幸福的可能性，于是其内心对生活的绝望便滋生并蔓延。

四 怜悯与同情表层下的恋母、弑父倾向

在奥兹的目光中，这些脆弱的女性如同娇艳的鲜花，在巴勒斯坦这块贫瘠的土地上日渐凋零。但是，在巴勒斯坦犹太社会的另一半男性群体中，却不曾出现过类似的情况，没有哪一位男性为物质生活环境的窘迫而忧郁、歇斯底里或自杀。在奥兹的观念中，良好的物质生活条件之于女性，犹如土壤、阳光、水之于娇嫩的植物。对女性表现出的这种脆弱和依赖性，奥兹更多地表现出怜悯与同情的态度。

奥兹本人的生活经历使其对身处匮乏、被匮乏所折磨的女性满怀怜悯与同情。如前文所述，母亲自杀这一可怕事件不仅结束了奥兹的童年梦想，而且对他日后的创作产生了极大的影响。"母亲的死和她所讲述的故事让我变成了作家。我的写作，就是为了回忆她、理解她。"[①] 奥兹以母亲为原型描写女性，描写她们的脆弱与哀伤，通过描述她们失败的爱情、婚姻生活，来探讨母亲自杀的真相。如他的成名作《我的米海尔》就是以母亲为原型展开的一个关于爱、婚姻和幻想的故事。作品开首那句女主人公

---

① 邢宇皓：《阿摩司·奥兹：在爱与黑暗中独自穿行》，《光明日报》2007年9月18日。

的独白"我之所以写下这些是因为我爱的人已经死了"①,打动了许多女性读者,奥兹称"我写这句的时候,脑子里全是母亲的影子"②。奥兹对母亲深沉的爱使他对笔下的女性充满了脉脉的温情,他同情她们的遭遇,同情她们的抑郁。

但更为隐蔽的原因是奥兹有着典型的俄狄浦斯情结。在自传体小说《爱与黑暗的故事》中,奥兹的很多自传性描写都表现出了明显的恋母倾向。

首先,主人公心目中的理想女性都是母亲的缩影。如主人公幼时在学校讲各种各样的故事以取悦小伙伴,故事中"所有的女性人物无一例外,都无比宝贵,尽管吃尽苦头但仍怀爱恋,遭受痛苦却满怀同情,身受折磨甚至屈辱,但始终傲然纯洁,为男人的心志迷乱而付出代价,但依旧慷慨与宽容"。③ 作者承认这些女性的原型无一例外都是自己的母亲。

其次,主人公在恋爱取向上表现出明显的恋母倾向。三十多岁的杰尔达老师是不到八岁的主人公的初恋,小主人公嫉妒杰尔达老师的未婚夫,甚至多年以后主人公仍试图重新拜访杰尔达老师。

> 她让我神魂颠倒,某种以前没有动静的内在节拍从那时开始便在我心中跳动,至今仍未平息。

---

① [以]阿摩司·奥兹:《我的米海尔》,钟志清译,译林出版社1998年版,第1页。
② 李宗陶:《诺贝尔提名作家奥兹讲述好人之间的战争》,《南方人物周刊》2007年第23期。
③ [以]阿摩司·奥兹:《爱与黑暗的故事》,钟志清译,译林出版社2007年版,第395页。

早晨醒来之际，甚至尚未睁开双眼，我便想象着她的模样。我急忙穿好衣服，吃过早餐，盼望着赶紧收拾完，拉拉链，关门，拿起书包，径直跑到她那里。占据脑海的是每天努力准备一些新鲜事物，我便可以得到她亮晶晶的目光，于是她可以指着我说："瞧今天上午我们当中有个灵光四溢的孩子。"①

我每天早晨坐在她的课上，爱得发昏。不然就是陷于阴郁的嫉妒中。我不断地试图发现自己身上所具备的那种吸引她的魅力。我一刻不停地筹划，如何挫败其他人的魅力，如何插到他们和她之间。②

中午我从学校回家，坐在床上，想象着只有我和她在一起时情形会怎样。

我喜欢她声音的颜色，也喜欢她微笑的气味，还有她衣裙（长长的袖子，通常是棕色、藏青色或灰色，佩戴着一串朴素的象牙项链，偶尔会戴一条不显眼的丝巾）发出的簌簌声响。天黑时，我会闭上双眼，把毯子拉过头顶，带她一起走。我在睡梦里，拥抱她，她险些拥吻了我的前额。一层光环环绕着她，也照亮了我，让我成为灵光四溢的孩子。③

我每天早晨八点钟之前都站在她的窗外，抹过水的头发服服帖帖，干净的衬衫塞进了短裤。我很乐意主动帮她做一些早上的活计，替她跑腿去商店，打扫院子，给她的天竺葵

---

① [以] 阿摩司·奥兹：《爱与黑暗的故事》，钟志清译，译林出版社 2007 年版，第 291 页。
② 同上书，第 291—292 页。
③ 同上书，第 292 页。

浇水,把她洗的东西挂到绳子上,把干衣服收进来,从锁头已经生锈的信箱里给她掏出一封信。①

进入基布兹后,16 岁的主人公选择 35 岁的奥娜做自己的性启蒙老师并与之发生关系,完成象征性的娶母过程并疗治了恋母情结,最后才娶了同龄女子为妻。相似的情节也出现在《地下室里的黑豹》中,少年主人公普罗菲的初恋是小伙伴的姐姐,已经成年的姑娘雅德娜。

再次,主人公还存在通过保护、拯救母亲来取代父亲的行为和心理倾向。如在战火纷飞的耶路撒冷,死亡的恐惧威胁着年幼的主人公,"我试图叫醒父亲,他没有醒来,一动不动地仰面躺在那里,呼吸深沉,像个心满意足的孩子。"② 主人公的母亲同样因恐惧而不安地啜泣着,对此主人公的父亲放任不管,主人公"只能抚摩她的头发,她的脸颊,亲吻她,仿佛我已经长大成人,她是我的孩子,我轻声说,妈妈,好了,好了,有我呢"。③ 主人公的表现,作者的描写,已经让儿子实现了对父亲特权的僭越。这种僭越也出现在《地下室里的黑豹》的母子关系描写中。

偶尔闪烁在爸爸眼镜里的愤愤不平的愤怒让妈妈和我露出令人不易觉察出来的微笑。比眨眼还要轻微。一个小型的阴谋,地下组织之内的一个地下组织,好似她在眨眼间当着

---

① [以] 阿摩司·奥兹:《爱与黑暗的故事》,钟志清译,译林出版社 2007 年版,第 294 页。
② 同上书,第 379 页。
③ 同上书,第 380 页。

我的面打开了禁止接触的抽屉。好似她正在向我示意,房间里确实有两个大人和一个孩子,但至少在她眼里,我未必是个孩子。不管怎么说,不总是个孩子。我突然走过去,紧紧抱住她,此时爸爸正拧亮他的台灯,坐下来继续收集关于犹太人在波兰的历史的论据。为何那一刻的甜美竟夹杂着吱吱作响的粉笔的酸味儿,背叛的沉闷味道?①

奥兹自幼便明白母亲生活在痛苦之中,很少获得生活的快乐,便用幻想实现对苦难中的母亲的拯救,这种幻想中的拯救也是奥兹恋母情结的表现形式之一,经常在奥兹的作品中出现。《爱与黑暗的故事》的主人公童年时期梦想做个英勇的消防员。

一个姑娘或女人昏迷不醒被抬在勇武营救她的人的肩膀,牺牲自我忠于职守,烧焦的皮肤、睫毛和头发,地狱般令人窒息的浓烟,随即便是赞扬,被救女子那一道道泪水的爱河满怀倾情与感激涌向你,那是最漂亮的人儿,是你用自己温柔的手臂勇敢地把她从火焰中解救出来。②

我已经五岁了,一遍遍地把自己想象成一个沉着勇敢的消防队员,全副武装,头戴钢盔,勇敢地冲进熊熊燃烧的火焰,冒着生命危险把昏迷不醒的她从烈火中营救出来。(而他那软弱无力巧于辞令的父亲只会站在那里发愣,无助地盯

---

① [以]阿摩司·奥兹:《地下室里的黑豹》,钟志清译,译林出版社2012年版,第92页。
② [以]阿摩司·奥兹:《爱与黑暗的故事》,钟志清译,译林出版社2007年版,第274页。

第二章 贫瘠土地上枯萎的花朵

着火舌。)

这样,他一边在脑海里把新希伯来人在烈火中强悍起来的英雄主义(与父亲规定给他的一模一样)具体化,一边急忙冲进去挽救她的生命,借此,他把妈妈从父亲的魔爪中永远抢夺出来,用自己的羽翼庇护她。①

这个主人公读到雷马克撰写的反战小说《凯旋门》时,会幻想一个孤独的女子在深夜时分倚靠在桥梁矮墙上,就要投河结束自己的生命。千钧一发之际主人公自己出现并营救她,斩杀她的绝望巨龙。对此奥兹借主人公的口说:"我并没有想到,桥上那个绝望的女子,一而再再而三,那就是我死去的母亲,带着她的绝望,她自己的巨龙。"②

最后,表现恋母的同时,奥兹在创作中隐蔽地表现了自己潜意识中的弑父心理。奥兹在作品中完成了很多次象征性的弑父行为。《爱与黑暗的故事》中主人公曾痴迷地一遍遍地读茨维·里伯曼-里夫尼的《在废墟上》。故事讲述了第二圣殿时期遭罗马军队大屠杀后的一个村子只剩下不满十二岁的孩子,这些孩子们在废墟上有条不紊地建立起一个世外桃源。这种阅读中隐藏着一种病态的、不正常的快感,一种阴暗的俄狄浦斯式的快感,因为故事中的孩子埋葬了自己的父母,埋葬了所有的人。与此相对应,作者自述:"在十四岁半那年,在我母亲去世两年后,我站

---

① [以]阿摩司·奥兹:《爱与黑暗的故事》,钟志清译,译林出版社2007年版,第274页。

② 同上书,第496页。

起来灭掉了父亲和整个耶路撒冷,更改姓氏,前往我的胡尔达基布兹,住到那里的废墟上。"① 通过更改父亲的姓氏和远赴基布兹这个象征性的废墟,主人公奥兹与作家奥兹实践了象征性的弑父行为。

奥兹的弑父情结还表现在奥兹对作品中父辈男性性能力的否定上。《我的米海尔》中,汉娜对米海尔的期待直到结婚才结束,新婚的汉娜却常常感到"某些可感知的东西差不多在黎明时分会来到我身边。来得美妙而猛烈。来得朦胧、恬静、轻柔"②,彼时米海尔却在大床的遥远的另一边婴儿一般酣睡着。汉娜频频做梦或做白日梦,内容多是自己被身强力壮的野蛮男子劫持。备感压抑的汉娜还自虐:

   疯狂的幻觉不期而至。皮下院士将我带进施耐勒丛林,咬噬我的肩膀,大喊大叫。麦括尔巴鲁赫西面新工厂的一个疯工人把我抓住,轻轻把我夹在他满是油污的怀中,冲进山里。还有黑乎乎的人们。他们的手臂柔软而结实,青铜色的大腿毛茸茸的。他们不苟言笑。③

   但是丈夫刚刚关上屋门,我便光脚跳下床,又跑向窗前。我是个桀骜不驯的野孩子。像个醉汉似的扯着嗓子又唱又叫。疼痛与愉快燃烧在一起。这疼痛甜美而又激动人心。

---

① [以]阿摩司·奥兹:《爱与黑暗的故事》,钟志清译,译林出版社 2007 年版,第 471 页。
② [以]阿摩司·奥兹:《我的米海尔》,钟志清译,译林出版社 1998 年版,第 46 页。
③ 同上书,第 104 页。

第二章 贫瘠土地上枯萎的花朵

我肚子里灌满凉气。我咆哮，怒吼，像我和伊曼纽尔儿时那样模仿鸟兽叫。但是却听不到声音。这是一种纯然的魔幻。剧烈的快感与疼痛冲击着我。我身上发烧，额头滚烫。我像小孩在热浪到来之际一样，打着赤脚，赤身裸体地冲澡。我把水龙头拧到最大，在冷水中打滚。向四处撩拨水花，向墙壁上亮晶晶的瓷砖、天花板、毛巾、挂在门后衣帽钩上的米海尔睡衣撩水。我往嘴里灌满水，一口接一口地对着镜子里自己脸上喷去。我冻得浑身发紫。疼痛在后背蔓延，慢慢沁入脊骨。乳头僵硬。脚趾直挺挺的。只有前额滚烫，我一直无声地唱着。一种强烈的渴望延伸至内体深处，延伸至那最敏感的部位：最隐秘的所在——甚至连自己至死也无法看到的地方。[①]

米海尔的无能使汉娜陷入饥渴中，受虐的梦境与自虐的行为就是汉娜极端压抑时的宣泄渠道，极端压抑的汉娜抑郁、歇斯底里、自虐而后自杀。《黑匣子》中的米晒勒、《费玛》的主人公费玛身上也出现了与米海尔相似的情形。既然作品中的女性主人公身上都有着母亲的影子，对她们伴侣的性能力的否定便是奥兹对父亲权威、父亲对母亲占有能力的颠覆，通过这样一个隐形的操作，奥兹实现了对父亲的"杀戮"。

奥兹作品中的女性在面对物质生活的极端匮乏时表现出的极端痛苦的精神状态，与奥兹的弑父情结也不无关系，该类描写是

[①] [以] 阿摩司·奥兹：《我的米海尔》，钟志清译，译林出版社1998年版，第160页。

奥兹象征性弑父行为的一种，也是奥兹弑父情结表现形式中最隐蔽的一种。女性所遭受的物质匮乏除了客观原因外，更有主观性因素的作用。这些女性的丈夫，那些养家糊口的男性身上有着显著的缺陷：生存能力差，不能为妻子创造良好的物质生活条件。《鬼使山庄》中的汉斯只能在梦想中建设自己的农场，梦想与现实之间的距离遥远得使鲁思看不到希望；《黑匣子》中的米晒勒只能给妻女提供一间半的住房，还要分期付款，他经常接受亲友的资助并常常拖欠账单；《我的米海尔》中的米海尔在父辈的资助下举办婚礼，结婚后他甚至没有能力让妻子穿上体面的孕妇装出门；《爱与黑暗的故事》中的父亲只能让一家人住在阴暗潮湿的地下室里，每天提供给儿子的是千篇一律、单调乏味的食谱。通过对男性生存能力的否定，即通过对逼仄的物质生活环境及该环境中女性极端痛苦的精神状况的描写，奥兹不仅曲折地表现了对父亲的憎恨，而且实践了自己的弑父行为。

第三章

囚笼中的厄勒克特拉

在弗洛伊德的人格理论中，人类在3—5岁产生恋母或恋父情结，之后该情结进入潜伏期。其中恋母情结即男孩对母亲的性欲望和对父亲的敌意冲动，也被称为"俄狄浦斯情结"（Oedipus Complex）；恋父情结即女孩对父亲的性欲望与对母亲的敌意冲动，也被称为"厄勒克特拉情结"（Electra Complex）。两者都指涉人对异性父母的性欲望和对竞争者即同性父母死亡的期望。恋母与恋父情结在人类的人格结构形成和人的欲望倾向选择中起着最基本的作用。奥兹擅长在小说中塑造女性人物甚至直接以女性视角写小说，相应地，奥兹的恋母情结常以曲折的方式——女性恋父情结的形式出现。

一 管窥：《了解女人》中的畸形父女

奥兹的长篇小说《了解女人》中，主人公约珥是以色列摩萨德组织的一名特工，常年奔波在外，因为女儿的癫痫病，他与妻子伊芙瑞娅的关系波澜起伏。妻子触电死后，约珥退休在家与女邻居交往，女儿随男友离开了家。在这部作品中，奥兹以日常家庭生活为切入口描写以色列人的个体生存权益与群体利益间的复杂关系。

（一）缺席的父亲与独占性的父爱

在和女儿共处的时间里，约珥是一个有耐心、无微不至地关心孩子的合格的父亲，他对女儿有着深沉的父爱。但是，退休之前即女儿的童年和少年时期，他把绝大多数时间都花费在工作上，"根据他做的一次心算，在他二十三年职业生涯中，将近95%的时间都是在机场、飞机、火车、火车站、出租车、等待、旅馆房间、旅馆休息厅、夜总会、街角、饭馆、黑暗的电影院、咖啡馆、赌博俱乐部、公共图书馆、邮局中度过的。"[①] 因此在退休之前的大多数时间里，他都是一个缺席的父亲。

与女儿的聚少离多使约珥对女儿的爱比一般的父爱表现得更为强烈。而且约珥对妮塔的独占欲非常强，他甚至嫉妒任何向妮塔表示友好的人，约珥对妮塔的爱已经具有排他性。约珥对女儿强烈的独占欲首先在他与妻子伊芙瑞娅的争女大战上表现出来。

> 每当妮塔发病后苏醒过来，约珥总是设法先伊芙瑞娅一步赶到。他多年前接受的特殊训练赋予了他灵敏的反应和许多计谋。他像一个短跑运动员听见发令枪响一般猛冲过去，抱起孩子，把自己和她一起关在她的房间里——那现在是他

---

① [以] 阿摩司·奥兹：《了解女人》，柯彦玢、傅浩译，译林出版社2007年版，第38页。

第三章 囚笼中的厄勒克特拉

的房间了——把门锁上。他会给她讲赞比狗熊的故事。跟她玩猎人和兔子的游戏。为她用纸剪出滑稽的形象,自愿充当她所有玩偶的父亲。或者用多米诺骨牌搭建高塔。直到一个小时左右之后,伊芙瑞娅才会让步,敲响房间的门。于是他马上停下来,打开房门,邀请她加入他们的积木宫殿之游,或者乘一只通常盛放床上用品的箱子巡航。但是,伊芙瑞娅一进来,就发生了某种变化。仿佛那宫殿被遗弃了。仿佛他们正在上面行船的河流突然结了冰。①

在与女儿独处的时间里,约珥竭力营造出的是父女的两人世界,这个世界排斥母亲的出现。甚至"有时约珥想,伊芙瑞娅之死意味着她的失败和他与妮塔的最终胜利,并从中获得隐秘的快乐,对此他感到羞耻"②。尽管"伊芙瑞娅·卢布林是他唯一的爱"③。

父亲只在一种情况下才同母亲达成一致:他们都想象将来会有一个"大块头、毛绒绒的农场工人,两臂粗壮,腰似公牛"④,他把女儿带走,而"对那两臂粗壮、毛绒绒的农场工人的共同仇恨在他们之间造就了一个默契"⑤。而约珥甚至仇恨在其假想中出现的女儿的未来丈夫或恋人。也就是说,在面对失去女儿的威胁时,两人的分歧与冲突才会暂缓。因此,当女儿渐渐长大,追求

---

① [以]阿摩司·奥兹:《了解女人》,柯彦玢、傅浩译,译林出版社2007年版,第68—69页。
② 同上书,第139页。
③ 同上书,第38页。
④ 同上书,第76页。
⑤ 同上书,第77页。

者出现时,约珥毫不客气。杜比·克朗兹看起来好像还不到十六岁,约珥自信对这么一个乳臭未干的孩子有的是办法:"他的双颚一时摆出了一动不动的、目光凝固的猫科动物的残忍,对此他运用自如,吓唬过小坏蛋、小流氓、小偷还有那些一贯从事卑鄙勾当的小人。"① 并且约珥还发出威胁:"不管怎么说,你最好离她远点。你听见没有。她并不完美。她有一点健康上的小问题。这件事你不许跟任何人说。"② 他不惜运用恐吓并说出女儿的隐疾来吓退对方。但孩子们彼此适合并心心相印,对女儿毫无办法的约珥只好告诉女儿"我认为,他还行"。③ 当然,他不这样做的话,这个瘦削的单薄的孩子将使他这个"应该被拍了照,放大成招贴画,向全世界展示性感的以色列男子的形象"④ 的父亲彻底失去父亲的魅力。

不仅对妻子、对女儿的恋人,他对接近女儿的其他人也有提防之心。上司拜访时,进了妮塔的房间,"跟随其后的约珥透过房门听见他柔和的声音。还有妮塔的声音,像是耳语。他一个字也听不清。他们在谈什么?他心中升起一股隐隐的怒气。他马上又为这怒气跟自己生起气来。两手捂住耳朵,嘟囔道:傻瓜。"⑤ 他嫉妒上司居然跟妮塔有悄悄话,背着自己说的悄悄话,而自女儿进入青春期后,他就从来不曾拥有过这种奢侈品。

---

① [以]阿摩司·奥兹:《了解女人》,柯彦玢、傅浩译,译林出版社2007年版,第206页。
② 同上。
③ 同上书,第228页。
④ 同上书,第102页。
⑤ 同上书,第45页。

是否可能在关闭的房门背后，老板和妮塔坐在一起讨论他的健康状况？在他背后算计他？马上他又振作起来，意识到这是不可能的，不合逻辑的忌妒和想破门而入的短暂欲望使他一时怒气冲冲，他再次为此生自己的气。终于，他去了厨房，三分钟之后回来，在房门上敲了敲，等了一会，才拿着一瓶冷藏的苹果酒和两个盛着冰块的高玻璃杯走进去。他发现他们坐在宽大的双人床上，正聚精会神地下跳棋。①

约珥此时很像一个提防女儿约会或是偷看女儿日记的神经质家长，还像一个善妒的情人。作为世界顶级特工的约珥经受过特殊训练，而且"希望自己是一个冷静、自制的人"。②却有这样不合逻辑的忌妒和莫名其妙的愤怒。忌妒和愤怒的背后，我们分明看到了一个父亲对亲密父女关系的渴望，以及渴望而不可得后的焦虑。

（二）对父爱的饥渴与恋父情结

一个竭尽全力去爱女儿却又总是缺席的父亲，带给女儿的是不完整的父爱，而且还逐渐激起女儿对父爱的饥渴。父亲的经常性缺席与父亲的慈爱使妮塔对父亲的思念、依恋越来越强烈，超出了一般孩子爱父亲的程度。从妮塔的一系列表现中我们可以看到，妮塔有着明显的恋父倾向。

---

① [以]阿摩司·奥兹：《了解女人》，柯彦玢、傅浩译，译林出版社2007年版，第45页。
② 同上书，第3页。

犹太女性生存困境的文化阐释

　　首先，从妮塔暧昧隐疾的发作上，我们可以明显地看到妮塔对父亲的依恋，以及这种依恋因过度强烈而变形之后所表现出的病态特征——恋父。

　　妮塔四岁时第一次发病，她突然跌倒后，眼睛向上翻，嘴角冒着泡沫。约珥意识到他应该跑去求救，但是全身像是瘫痪了一样动弹不得。"尽管受过专门训练，在多年的工作中学到了不少应变手段，但是此刻他的腿就像生了根，无法从小女孩身上移开目光，因为他有这样一种印象：一抹笑意在她脸上时隐时现，仿佛她在强忍着不大笑出来。"① 约珥的感觉是极其灵敏的，"在局里他被称作活的测谎器"②，常常在轻松愉快的谈话中冷静地透过陌生人的外表看到其真面目。此时把约珥骇住的那种印象给妮塔的发病蒙上了一层暧昧色彩：这个小东西是否遗传了父亲的聪慧，在四岁的时候就懂得如何吸引父亲关注自己，把父亲绑在身边？

　　约珥对妮塔的病发仅仅限于感觉上的暧昧，而伊芙瑞娅旗帜鲜明地反对"患病"这种论断。伊芙瑞娅拒绝接受诊断，她认为女儿是在进行表演，目标观众正是约珥。伊芙瑞娅禁止约珥使用"疾病""发病"这种词，并把约珥买给妮塔的药统统扔掉。"你在向她暗示，你赞成这种表演。""问题不在于她甚至不在于我们，而在于你，约珥。因为你一离开，它就消失了。没有观众就没有表演。这是事实。"③ "她要求他停止出差旅行，要么，反之，

---

① ［以］阿摩司·奥兹：《了解女人》，柯彦玢、傅浩译，译林出版社2007年版，第60页。
② 同上书，第36页。
③ 同上书，第61页。

就永远离开。"① 如果伊芙瑞娅的言辞仅仅被轻率地理解为一个伤心绝望的母亲丧失理智的想象的话，妮塔以后的表现就不合逻辑甚至会令人感到匪夷所思。妮塔从来不曾在家庭以外的其他地方发过病。妮塔五岁时的冬天，伊芙瑞娅带上她与约珥分居，之后她告诉约珥，整个冬天妮塔都没有发病。妮塔的症状似乎只与约珥有关。在一次发病时，伊芙瑞娅当着约珥的面劈头盖脸地打妮塔，结果约珥先是哀求妻子住手，哀求无果之后对伊芙瑞娅大打出手，其时"他（约珥）才注意到孩子已经醒来，正倚靠在厨房门口，以一种冷漠、科学的好奇神情盯着他们"②。孩子没哭叫，而且以科学研究的神情去观察父母的争吵乃至厮打。发病已经成为她的科学试验，实验的目的是要论证什么？至少自己的发病对父亲的影响力有多大是其中一项。孩子的早慧已超出实际年龄，其心理发展已经越出常轨。此时的妮塔显然已经有了用生病来吸引父亲的注意力并绑架父亲的病态心理和行为，为了达到这个目的她甚至可以牺牲母亲。

医生们的态度也是莫衷一是、暧昧不明。一个世界著名的生物能治疗专家兼心灵遥感顾问曾这样证明："纽塔·拉维夫小姐并未患有癫痫症，只是元气虚亏。"③ 另外有些医生认为，进入青春期后，如果妮塔及约珥配合，日益丰富的生活内容将使妮塔的症状消失，即降低约珥在妮塔生活中的比重，妮塔的病将不治而愈："也许很快她就能完全摆脱它。只要她真的想摆脱。你们也

---

① ［以］阿摩司·奥兹：《了解女人》，柯彦玢、傅浩译，译林出版社2007年版，第61页。
② 同上书，第62页。
③ 同上书，第63页。

会。……同时要鼓励这孩子多参与一些社会生活,这非常重要。关起门待在家里对健康无益。总之:远足、新鲜空气、男孩子、大自然母亲、集体农庄、劳动、跳舞、游泳、健康的娱乐。"① 妮塔征兵体检时,这一问题并没有被查出来。医生们的论断不能仅仅理解为妮塔的病情较轻聊近于无,他们的论断再次印证了这样一个假设:妮塔根本就没病,发病只是吸引父亲注意力的手段;至少,发病是由父亲注意力不在她身上引起的。父亲的在场保证使妮塔有相反的表现,如约珥拒绝工作后,"她报以灿烂的表情,给他的印象既新鲜又不新鲜,包括嘴角一丝细微的颤动,她母亲年轻时,每当她努力掩饰感情时,便常常做出这种表情。"②

其次,从妮塔对母亲和对父亲情人的嫉妒上我们可以看出其恋父情结。在三口之家里,妮塔嫉妒母亲与父亲的亲密,甚至对母亲表现出强烈的攻击性。伊芙瑞娅带妮塔与约珥分居一个冬天后,三口之家出现了鲜见的其乐融融的气氛。有三次约珥与伊芙瑞娅甚至把孩子留给老人出去度假,过二人世界。二人世界的出现使妮塔忍无可忍,不久,"在一个星期六的早上她昏倒在厨房的地板上,直到次日下午在医院里经过长时间治疗之后才苏醒过来。"③ 对此伊芙瑞娅带着一丝微笑说:"那女孩可以做一名成功的女演员。"④ 妮塔的再次发病宣告了约珥夫妻短暂的甜蜜生活的终结。两人关系再次进入冬眠状态后,妮塔"癫痫病"的发作就

---

① [以] 阿摩司・奥兹:《了解女人》,柯彦玢、傅浩译,译林出版社 2007 年版,第 74 页。
② 同上书,第 122 页。
③ 同上书,第 68 页。
④ 同上。

渐渐少了。母亲去世时十四岁半的妮塔没有参加葬礼而是留在家里下跳棋；一年后被建议为母亲写墓志铭时，妮塔读了一段很具有讽刺调侃意味的诗使得外祖母火冒三丈；甚至几年后，她在父亲禁止自己去赴一个约会时说："就像她以前求你不要离开？不要把她撇下来独自跟我在一起？"[①] 妮塔似乎恨母亲，对母亲有着恶意的想象：母亲讨厌跟自己相处；母亲在父亲面前谄媚卑劣；母亲总妄想独霸父亲。实际情况是，这个聪慧的女孩子从孩提时就有一种离间父母的狡猾的伎俩——发病，至少她的发病在客观上产生了离间父母的后果。而在母亲去世之后，妮塔只发过一次病——在约珥可能再次冒着生命危险去工作时——她的这次发病使约珥下决心与工作诀别而保全了性命。不发病是因为再没有理由：母亲已经去世，父亲身边已经没有障碍；再次发病恰恰证明，妮塔以往的发病只是为了把父亲留在身边，至少是由父亲离开自己这种刺激引起的。后来，关于父母的分居，妮塔甚至坦言：

> 她搬进耶路撒冷的书房等一切事情发生的时候，我就想到了那全都是因为我。可是当时我太小了，没法自己独立出去。[②]

妮塔还嫉妒父亲的情人甚至厌恶迫切想与父亲建立亲密友谊

[①] [以] 阿摩司·奥兹：《了解女人》，柯彦玢、傅浩译，译林出版社2007年版，第82页。
[②] 同上书，第168页。

的男人。经纪人克朗兹崇拜约珥,对约珥非常殷勤,妮塔对此颇有恶评:"或者想叫克朗兹来向你摇尾巴?"① 发现父亲与邻居女人的关系后,妮塔表示要离开家并毫不掩饰自己的嫉妒:"只要我在家里,你就不便把隔壁那女人,或者她哥哥,带到这里来吧?"② "如果你不愿意独自待在家里,今晚为什么不去隔壁?那个妙人儿和她的滑稽哥哥?他们总是邀请你。或者打电话给你的伙计克朗兹。他十分钟就会到。快得像颗子弹。"③

妮塔拒绝父亲以外的世界,尤其是拒绝对其示好与献殷勤的异性,自闭于父亲的世界:

> 片场休息时,她坐在小咖啡馆的角落里;她总是选择既便宜又舒适的地方。她常常独自啜一杯苹果汁或葡萄汁。假如有陌生人想跟她搭话,她就耸耸肩,甩出一句刻薄话,让来人讨个没趣。④

约珥与邻居女人保持的仅仅是肉体关系,尽管对方爱他。妮塔在童年与少年时期有收藏干蓟草的爱好,发现父亲与邻居女人的这种关系后,她的这一爱好宣告终结。这一爱好的终结意味着妮塔结束了自己的童年,意味着妮塔已经成为一个有着清醒意识的女人而不再是一个孩子,正如隔壁女人安玛丽在约

---

① [以]阿摩司·奥兹:《了解女人》,柯彦玢、傅浩译,译林出版社 2007 年版,第 83 页。
② 同上书,第 166 页。
③ 同上书,第 79 页。
④ 同上书,第 42 页。

珥以孩子为借口拒绝自己时对约珥所讲的："妮塔是个年轻女人。不是个孩子。"① 父亲作为普通男人的一面，父亲的肉欲生活，使自闭于童年拒绝成长、固执地躲在父亲羽翼下不愿走向外在世界的妮塔无所遁形，这个聪慧的姑娘的漫长童年时代随即结束。不久，妮塔接受了杜比·克朗兹，离开了父亲的庇护，主动割断了对父亲的依恋，开始了自己的生活。

当然，约珥与妮塔间的畸形关系不是用"厄勒克特拉情结"就可以解释清楚的。"女人的问题绝不仅仅是一个性别问题，而性别问题又往往与阶级的、种族的、文化的、宗教的问题错综复杂地交织在一起，既相互联系而又不能相互代替……"② 带有独占性的父爱与恋父情结使约珥、妮塔的父女关系表现出畸形的一面，病因是约珥的经常性缺席。约珥游离于家庭之外并非单纯为了个人的物质利益或名誉，他把所有的精力都献给了拯救、保护犹太人的活动。没有宏大的叙事，奥兹仅仅通过对这一畸形父女关系的描写，巧妙地揭示出以色列人群体生存与个体生存空间之间存在的矛盾。

二 两种表现

除了《了解女人》，奥兹其他小说中的众多女性角色也表现出了鲜明的恋父倾向。第一种倾向是女性在维系与父母的情感联系时严重倾向父亲一极，对母亲持排斥态度或有明显的负面情

---

① [以]阿摩司·奥兹：《了解女人》，柯彦玢、傅浩译，译林出版社2007年版，第198页。
② 刘思谦：《性别理论与女性文学研究的学科化》，《文艺理论研究》2003年第1期。

感。她们与母亲的关系往往是紧张的。如《莫称之为夜晚》中诺娅与父亲相依为命,并耗费自己最宝贵的青春时光,悉心照料年迈的父亲。《爱与黑暗的故事》中,范妮娅姐妹热爱父亲但视母亲为性格乖戾的暴君:

他们的三个女儿,哈娅、范妮娅和索妮娅,看到了其中一些眉目,想办法减轻父母婚姻生活中的苦恼。三人毫不犹豫地站到了父亲一边,与母亲针锋相对。三人对母亲既恨又怕;她们为她感到羞愧,将其视为极其粗俗、盛气凌人的挑事者。她们吵架时,会彼此指责说:"你瞧瞧你!你越来越和妈妈一模一样了!"①

在我们三姐妹中,你妈妈受我们母亲的气最多。我们母亲是个说话尖声刺耳、有点军事化的女性,就像个军士。她从早到晚不住地啜饮她的水果茶,下达指示与命令。她有些吝啬的习惯令爸爸大光其火,她确实过于吝啬,但多数情况下爸爸只是提防她,不和她计较,这让我们很生气,因为我们站在他一边,因为他是正确的。妈妈经常用满是灰尘的布单把扶手椅和精制的家具盖上,这样一来,我们的客厅仿佛总是幽灵密布。妈妈连一丁点儿灰尘也非常害怕。她做过这样的噩梦:孩子们穿着脏兮兮的鞋子进来,走在她漂亮的扶手椅上。②

---

① [以]阿摩司·奥兹:《爱与黑暗的故事》,钟志清译,译林出版社2007年版,第151页。
② 同上书,第174页。

作为"竞争者",母亲对范妮娅极度粗暴、恶毒,这对母女相处时,恶魔般的母亲可以人为地制造出人间地狱;母亲恶毒的攻击令范妮娅陷入极度的痛苦中,范妮娅用自虐行为发泄自己的痛苦和对母亲的恨意:

> 我曾经从阿里巴巴的洞里观看。当外婆,我妈妈的妈妈,从克里亚特莫兹金边上的沥青纸简易住房来到耶路撒冷,朝我妈妈大光其火,朝她挥舞着熨斗,眼睛忽闪着,用夹杂着意第绪语的俄语和波兰语向她喷出可怕的词句时,我在衣橱和墙壁间的夹缝里看到了这一切。她们二人都没有想到我就挤在那里,屏住呼吸,仔仔细细,看到了一切,也听到了一切。妈妈对她母亲那雷鸣般的咒骂没有回应,只是坐在角落里那把靠背掉了的硬椅子上,她笔直地坐在那里,双膝并拢,双手一动不动地放在膝上,双眼盯着双膝,仿佛一切都以她的膝盖作为依靠。妈妈坐在那里像个受罚的孩子,她母亲一个接一个向她抛出恶毒的问题,所有的问题都夹杂着咝咝的发音,她一声不吭,不予回答。她的持续沉默只令外婆倍加愤怒,她似乎丧失了理智,眼睛忽闪着,脸狂暴如狼,张开的嘴角挂着白花花的唾沫星子,尖利的牙齿露了出来,她把手里滚烫的熨斗一扔,好像打在墙上一般,接着一脚踢开熨衣板,怒气冲冲地冲出房间,使劲把门一关,所有的窗户、花瓶和茶杯都在震颤。
>
> 我妈妈,没有意识到我在观看,站起身开始自罚,她扇自己的脸颊,撕扯自己的头发,抓起一个衣架,用它击打自

己的脑袋和后背，直至泣不成声。我在壁橱和墙壁间自己的空间也开始默默地哭，紧紧咬着双手，以至于出现了手表刻痕般的牙印，非常疼痛。①

《我的米海尔》中成年后的汉娜声称"这个世界上所有的男人当中，我最爱的是先父"②。汉娜对母亲的感情非常淡漠，母亲在汉娜心中已经被排挤到最角落的位置，她甚至憎恨母亲对父亲的偶尔高声顶撞。汉娜没有与母亲建立过亲密的联系，甚至连母亲快要去世的时候，她也不愿意与母亲进行深入的交流，虽然她清醒地意识到以后再也不会有其他机会。汉娜甚至认为母亲的去世并不会减少自己的幸福感。

母亲近来患有严重的血液循环失调症。她似乎快不行了。母亲在我心目中是那么微不足道。她是父亲的妻子。仅此而已。偶尔有那么几次，她高声顶撞父亲，我挺恨她。除此之外，在我心中便没有了她的位置。我深深懂得，偶尔应跟她谈谈自己，谈谈她，谈谈年轻时的父亲。我知道，这一次我不愿拉开话题。我也知道，也许从此以后再不会有其他机会，因为妈妈看样子快不行了。③

第二种倾向是部分女性在恋爱与择偶上表现出明显的恋父倾

---

① [以] 阿摩司·奥兹：《爱与黑暗的故事》，钟志清译，译林出版社2007年版，第249页。
② [以] 阿摩司·奥兹：《我的米海尔》，钟志清译，译林出版社1998年版，第2页。
③ 同上书，第228页。

向。如《何去何从》中的诺佳与埃兹拉有了暧昧的感情并生下一个孩子，当时的埃兹拉是诺佳父亲鲁文的同时代人并即将做爷爷；《莫称之为夜晚》中诺娅的恋爱对象分别为年长的同事、老教授及年长自己15岁的西奥。《我的米海尔》中的汉娜童年时有着旺盛的生命力并有着极强的统治欲：

> 我们住在郊外卡塔蒙边上的施穆埃尔村。斜坡上有一块荒地，尽是石块、蓟花和碎铁片。斜坡脚下有所住宅，住着一对双胞胎。这对双胞胎是阿拉伯人拉希德·沙哈达之子，名叫哈利利与阿兹兹。我当女王，他们当保镖；我当征服者，他们当将帅；我当探险家，他们当地头蛇；我当船长，他们当船员；我当间谍头子，他们当随从。①
>
> 小时候，我常玩一种名叫"城中王子"的游戏。邻居家的双胞胎装扮成顺民。有时我也让他们扮成反民，然后无情地镇压他们的气焰。那曾是极大的快事。②

生机勃勃的汉娜遵从父亲的告诫：婚前远离肉体诱惑，甚至因父亲终生崇拜学者，她抑制了自己的旺盛生命力嫁给毫无生活情趣的学者米海尔。

三 被控制、被操纵与主体性的被剥夺

"在法国学者拉康的理论图景中，'父亲'更是具有重要的意

---

① [以]阿摩司·奥兹：《我的米海尔》，钟志清译，译林出版社1998年版，第5页。
② 同上书，第14页。

义,他认为,真正主体的出现与象征秩序有关,而父亲则为象征秩序的核心,因此象征秩序也被定为'父亲的法律'。"①"父亲"的所指对象甚至可被视为象征性秩序本身,"父亲的形象作为纯粹的能指是一切约束性规则的来源和依据,对主体来说,是既定的必须无条件地接受和服从的一种标志……"② 该象征性秩序的约束性实际上体现为权力,"能使别人服从掌权者意志的力量,即个人、集团或国家贯彻自己的意志或政策以及控制、操纵或影响他人行为(而不管他们同意与否)的力量"③,具有主体的意志性、不平等性与支配的强制性三个明显特征。拉康的理论能够揭示女性恋父现象中潜在的权力关系,所以深刻影响了女性主义学者们的研究。

在这样的背景下,"弗洛伊德的所谓恋父情结,并非像他猜想的那样,是一种性的欲望,而是对主体的彻底放弃,在顺从和崇拜中,心甘情愿地变成客体。"④ "父权创造力的比喻还有更深一层的意蕴,即妇女的存在只是供男性受用,是他们文学和肉欲的对象,是男性创造的对象。"⑤ 伊蕊格莱（Luce Irigaray）对父权的运作过程做了深入的研究:男人先建构自己的形象并树立父权体制,再依照自我形象将女人作为自己的镜像来观照,长久生活于该体制中的女性丧失主体性,最终成为父权制的镜像。

---

① 高小弘:《"恋父"、"审父"与女性的个体成长——以陈染的小说为例》,《河北师范大学学报》(哲学社会科学版) 2007 年第 4 期。
② 方生:《后结构主义文论》,山东教育出版社 1999 年版,第 18 页。
③ 孙国华:《中华法学大辞典·法理学卷》,中国检察出版社 1997 年版,第 342 页。
④ [法]西蒙娜·德·波伏娃:《第二性》,陶铁柱译,中国书籍出版社 1998 年版,第 332 页。
⑤ 赵思运:《呻吟中的突围——女性诗歌对男权镜像的解构与颠覆》,《文艺争鸣》2001 年第 1 期。

所以，在女性主义理论视阈下，父亲作为权力的主体出现，恋父情结与恋父行为体现了女性的被支配、被操纵、主体性被剥夺的现实。

奥兹小说中的父亲对女性的个体情感具有高度的规定性。女性的恋父心理与恋父行为体现了父亲的意志及其权力的强制性特征，也体现了女性主体性的匮乏。如汉娜幼时渴望成为男孩：

> 我九岁时还常常期望自己能长成一个男人，而不是一个女人。①
>
> 小时候，我很喜欢哥哥买的儒勒·凡尔纳与詹姆斯·库珀写的书。我以为，要是摔跤、爬树、读男孩子的书，自己就会长成男孩。我恨自己是个女孩。已婚妇女总是让我起腻。②

弗洛伊德在《性学三论》《俄狄浦斯情结的消亡》《男女两性的心理构造差异》《女性的性欲》等著作中系统阐述了人类的社会性别，即所谓的"男性气质"和"女性气质"的形成过程。具有俄狄浦斯情结的男孩因逃避被父亲阉割的危险而放弃了对母亲的依恋，之后遵从"自我"与"超我"指令，将"男性气质"的性别身份内化。女孩儿在发现自己没有男孩儿的阳具后认为自己是阉割之后的产物；"阳具妒羡"（Penis Envy）与"阉割情结"（Castration Complex）使女孩儿产生了性别自卑，并将与父亲相对

---

① ［以］阿摩司·奥兹：《我的米海尔》，钟志清译，译林出版社1998年版，第5页。
② 同上书，第23页。

的女性性别身份内化。参照弗洛伊德的相关理论,童年汉娜的愿望体现了女性的性别自卑、"阳具羡慕"和"阉割情结",这三者的共同作用将促进汉娜社会性别的形成和厄勒克特拉情结的产生。后来的女性主义学者们认为弗洛伊德的观点有着鲜明的菲勒斯中心主义色彩,站在同一立场可以看到,汉娜童年时的愿望实质上表现了菲勒斯中心主义对女性的强大影响力。

父亲崇拜学者,父亲对学者的崇拜行为使汉娜对学者甚至学者们所在的陌生领域无限神往:

> 我喜欢见到耶路撒冷的名作家与名学者。这是我从父亲那里继承下来的一个嗜好。小时候,爸爸经常在街上把他们指给我。父亲极喜欢"世界知名"一词。他会激动地低声说,刚刚走进花店里的教授是位世界知名人士,不然就是买过东西的某个人享有国际声誉。[①]

> 要是作家或教授光顾他在雅法路所开的那爿小店,父亲回家时的样子简直像是看到了圣灵显圣。他会庄严地重复他们随便讲出的话语,反复咀嚼,好像那些话是什么稀罕钱贝。他总在那些人的话中寻找隐含的意义,因为他把人生当作一堂课,认为从中应该学到一则教义。[②]

父亲面对知名学者时诚惶诚恐、激动万分,父亲的心理与行为影响了汉娜对未来生活的预设,父亲的爱好左右着汉娜的爱

---

① [以]阿摩司·奥兹:《我的米海尔》,钟志清译,译林出版社1998年版,第9页。
② 同上书,第9—10页。

好，汉娜经常想象：

> 自己会嫁给一个注定要举世闻名的年轻学者。在写字台灯的灯光下，我丈夫埋头于成堆成摞的古旧德文经卷中，我蹑手蹑脚地走进去，往他的桌上放上一杯茶，倒空烟灰缸，轻轻地关好百叶窗，趁他不注意时悄悄离开。①

所以，第一次见到研究地质学的米海尔时，平淡乏味的米海尔身上焕发出了神秘的吸引力：

> 米海尔谈起了地质学：在美国的得克萨斯州，人们在找水时突然挖出了油井，原油砰然涌出。说不定在以色列也潜藏着丰富的原油资源。米海尔说起"岩石圈"，说起"沙石"，说起"白垩层"，说起"前寒武纪"、"变质岩"、"火成岩"、"大地构造学"。那是我平生第一次感到一种内在的紧张，即使现在听到丈夫那些奇怪的名词术语我也还是有这种感觉。这些语词讲述着对我来说、只有对我一个人来说有意义的事实，就像用密电码发出的信息。②

父亲这一群体使这些女性在择偶上遵循父亲制定的规范，或者选择父辈男性作为伴侣。"成长女性以爱情为借口拒绝主体性生成，即意味着对自我主体心甘情愿的放弃，它往往会使女性一

---

① [以] 阿摩司·奥兹：《我的米海尔》，钟志清译，译林出版社1998年版，第10页。
② 同上书，第12页。

生都难以长大，显现出的正是女性这个性别群体成长的艰难。"①遵循父亲的原则择偶时，这些女性根本不曾拥有独立的个体情感和生成独立个人情感的空间与能力。但进入婚恋后，这些女性逐渐发现伴侣的种种缺陷并从中发现了父亲权威的威胁，之后她们在坎坷与痛苦中成长。所以谈及汉娜，奥兹声称：

>也许人们意识到梦想与实现梦想之间的差距。梦想本身也许更加完美。可以说汉娜实现了自己的梦想，她想嫁给学者就嫁给了学者，她想组建家庭就组建了家庭。但她也丢失了梦想中的某些东西，她自己并不真正知道丢失了何物。她丢失的是某种火花，某种内在的火花，某种灵魂的火花。也许这是人性的普遍弱点。但以色列人对此极端愤慨，他们问：理想主义哪里去了？政治哪里去了？乐观主义哪里去了？国家信仰哪里去了？但我创作《我的米海尔》的初衷却不止于此，而是要探讨日常生活与理想之间的距离。②

---

① 高小弘：《"恋父"、"审父"与女性的个体成长——以陈染的小说为例》，《河北师范大学学报》（哲学社会科学版）2007年第4期。
② 钟志清：《以色列文坛之音：奥兹访谈之一》，参见《"把手指放在伤口上"：阅读希伯来文学与文化》，中央编译出版社2010年版，第174页。

第四章

叛逆了的"家庭中的天使"

犹太民族的传统文化是维系生活在全世界各个角落的犹太人的最重要的纽带。近代以来，犹太民族传统的精神信仰、生活方式、道德规范、组织制度和民俗礼仪等对犹太复国主义的形成产生了重要的影响，是犹太复国主义思想的重要组成部分。随着犹太复国主义运动的开展，犹太社会的历史、宗教、文化传统得到了大力弘扬。

奥兹在《爱与黑暗的故事》中描述了犹太传统被重新张扬的现象：两类小学，无论是"太社会主义"的"伯尔·卡茨尼尔孙劳动者儿童教育之家"还是"太宗教"的"塔赫凯莫尼民族传统学校"，无一例外都教授希伯来语《圣经》。传统犹太社会对男女两性地位与社会角色的划分也潜移默化地影响了 20 世纪巴勒斯坦犹太人的生活。

一 犹太传统中的女性地位与角色规范

早在《圣经》时代男性的绝对权力与权威便在希伯来社会确

立并神圣化。创世的上帝被赋予男性性别,人类始祖的性别也为男性,女性本质上是由男性的一部分衍生而来的——《创世纪》描写道,因男人独居不好,上帝先造亚当,再用亚当的一根肋骨造夏娃(2:22);亚当对上帝说:"这是我骨中之骨,肉中之肉,可以称她为女人,因为她是从男人身上取出来的。"(2:23)而且夏娃偷吃了智慧果后上帝惩罚她"你必恋慕你的丈夫,你丈夫必管辖你"。(3:16)"古希伯来文'娶妻'一词的词根也含有'成为妻子的主人'之意",[①] 极言男性对女性拥有绝对主权,女性对男性的绝对依附。

古代希伯来文化传统是以男性为主导、男性占中心地位的文化传统。从《圣经》时代开始,犹太女子基本承担的是养儿育女、掌管家务的角色,在家从父,出嫁从夫,除没有男性子嗣的家庭外,女子一般没有财产继承权。《圣经》本身就是以男子为中心的一部书,从男性角度出发来观察犹太人生命体验的世界。《圣经》中虽然也有个别比较强悍的女子乃至女武士的出现,但从总体上无法改变父权制社会里那种男性中心论的基本特征。在这样的父权制社会里,只鼓励犹太男子致力于宗教学习,而把犹太女子排斥在接受智力教育的大门之外。[②]

[①] 梁工:《圣经时代的犹太社会与民俗》,宗教文化出版社2005年版,第31页。
[②] 钟志清:《黛沃拉·巴伦:把情感和细腻带入干巴巴的希伯来语》,《中国图书评论》2009年第4期。

第四章 叛逆了的"家庭中的天使"

传统犹太社会将男女两性的地位划分得非常明确。"犹太人强调男子是一家之主的观念和体制"①，即强调男子在家庭与社会中的绝对主权。"显然，以色列—犹太人的宗教事务也总是以男性为主导的。男人出生不久就要在身体上标明与上帝立约的标记——即行割礼，而女人是不需要有这类标记的。当然女子也可以和家人一起自由进入圣殿祈祷、许愿，如女孩可以和男孩一道同父母去给耶和华献祭，但女人向神许愿只有经过父亲或丈夫的同意才有效。"② 甚至在孩子的教育问题上，传统犹太人认为"智慧子使父亲喜乐，愚昧人藐视母亲"（《箴言》15：20）：儿子的成功是父亲的功劳，儿子变得愚蠢、道德沦丧或犯罪，一定是母亲的过错，所有的忧虑与痛苦就会降临到她的身上。女性成为男性的替罪羊，成为社会罪恶的源泉。

在犹太传统的社会角色分工中，犹太女性不应致力于事业上的成功，而应以家务为重。奥兹在小说中描写了该社会分工在20世纪巴勒斯坦犹太社会的延续。追求事业的女性会被批评，"你瞧那个自私的女人，她出席各种会议，而她可怜的孩子在街上长大，付出着代价"③。所以，尽管攻读过历史和哲学，范妮娅的身份却是家庭主妇，偶尔教授私人课补贴家用；汉娜结婚后放弃了学业，丈夫米海尔却能孜孜不倦、一步一步爬上事业顶峰；鲁思、伊兰娜、伊芙瑞娅这些受过良好教育的女性

---

① 潘光、余建华、崔志鹰等：《世界文明图库·犹太之旅》，上海文艺出版社2002年版，第176页。
② 贺璋瑢：《古代犹太女性的社会地位探析——从女性在政治与宗教生活中的参与之视角》，《暨南学报》（哲学社会科学版）2012年第7期。
③ ［以］阿摩司·奥兹：《爱与黑暗的故事》，钟志清译，译林出版社2007年版，第182页。

的主要身份也都是家庭主妇。《爱与黑暗的故事》中的女性人物对此作了自述：

> 那是那年月的姑娘，甚至像我们这样先上中学后上大学的现代姑娘，都经常得到的训诫，女人有权利接受教育，在公众生活中赢得一席之地……但是只能到孩子出生。你的人生属于自己的时间很短，从你离开父母家到第一次怀孕。从那一刻起，从第一次怀孕起，我们得开始围着孩子转的人生。就像我们的母亲们。甚至为了我们的孩子去扫大街，因为你的孩子是小鸡，你自己呢……是什么？你就像鸡蛋的蛋黄，小鸡吃了你之后就会长大，变得强壮起来。你的孩子长大后……即便那时你无法回到从前的你，你只是从母亲变成了祖母，你的任务就是帮助孩子养育他们的孩子。①

在犹太传统中，女性在尽心尽责履行家庭内部责任和义务的同时，还要具备一系列美德。拉比们对夏娃所履行的女性角色规范进行了阐释：神用来造女人的部分是人体上最为谦卑的部位，所以夏娃代表谦逊的品质。在该思想之上，拉比们敷衍出系统的犹太女性行为规范：女性被造的最高目标是"为人母"；女人应该是善于理解的；女人必须处于婚姻状态中，并且她们对婚姻是极其重要的；女性要谦逊、仁爱、忠诚、驯服、皈依公义，在婚姻与为人母的过程中完成自身义务的路得为一切犹太女性的

---

① ［以］阿摩司·奥兹：《爱与黑暗的故事》，钟志清译，译林出版社2007年版，第182页。

典范。① 但本质上，"'上帝'在把'谦恭'分派给女人的同时，即已暗示女人从诞生的那一天起就应该没有独立的人格和尊严。这也是传统犹太教从来都把女人视为男人身体上的一个部位，而且是藏在看不见的隐秘处的原因之一。因而，犹太女人生来便不能拥有自己的思想和感情；不能聆听、学习事物和发表自己的意见；不能走出家庭和拥有属于自己的财产。她唯一可学、可做的事情就是在家里烧饭、打扫卫生、生儿育女。"②

要履行以上美德尤其是履行谦逊的美德，在公共场合，"犹太妇女应该尽量少抛头露面，尽量少说话"③；"一个犹太家庭主妇，作为'家中的天使'"，"她的任务是保证食物充足、房间整洁，而不必和客人谈话"④。在《爱与黑暗的故事》中，奥兹细致描写了两位犹太社会名流兼精英知识分子——约瑟夫·克劳斯纳与阿格农——的客厅中具备传统美德的女性及其生存状况：

> 至于女士们，她们不参与谈话，其角色仅限于充当点头听众。约瑟夫伯伯慷慨地在她们面前散发智慧连珠时，期待她们适时报以微笑，通过面部表情露出喜色。我不记得琪波拉伯母在桌子旁边就座过。她总是在厨房、贮藏室和起居室之间来回奔忙，装满饼干碟和果盘，给大银盘里

---

① 参见陈艳艳《〈希伯来圣经〉和拉比文献中妇女观的比较研究》，硕士学位论文，山东大学，2015 年。
② 乔国强：《辛格笔下的女性》，《外国文学评论》2005 年第 1 期。
③ Leonard Swidler, *Women in Judaism: The Status of Women in Formative Judaism*, Metuchen, NJ: Scarecrow Press, 1976, p.123.
④ 肖飚：《从互文性视角解读辛西娅·欧芝克小说中的女性表征》，《外语教学》2014 年第 5 期。

的俄式茶炊加上热水，总是急急忙忙，腰上系条小围裙。当她不需要倒茶，也用不着添加蛋糕、饼干、水果或者是一种叫作瓦伦液的甜味调制品时，就站在起居室和走廊之间的门口，站在约瑟夫伯伯的右手后边两步远的地方，双手放在肚子上，等着看是否需要什么，或者是哪位客人需要什么，从湿抹布到牙签，或者是约瑟夫伯伯礼貌地冲她指出她应该从他图书室写字台右上角取来最新一期《来守乃奴》或者是伊扎克·拉马丹的新诗集，他想从中引用一些东西支持自己的论证。①

　　这是那段年月一条不成文的规矩：约瑟夫伯伯坐在餐桌上座，滔滔不绝地高谈阔论，而琪波拉伯母系着白围裙站在那里，服侍，或等待，召之即来。②

　　偶尔，阿格农太太用一种威严尖厉的声音说些什么，有一次，阿格农先生把头微微歪向一边，露出一丝嘲讽的微笑，对她说："有客人在场时，请允许我在自己家里做一家之主。一旦他们走了，你立刻就做女主人。"我清清楚楚记得这句话，不只因为它所包含着令人意想不到的中伤（而今我们将其界定为颠覆性的），而且主要由于他所使用的"女主人"一词在希伯来文中非常罕见。多年后当我读到他的短篇小说《女主人和小贩》时，我再次偶遇此词。除阿格农先生，我从来没有遇到任何人使用"女主人"一词表达"家庭

---

① ［以］阿摩司·奥兹：《爱与黑暗的故事》，钟志清译，译林出版社2007年版，第56—57页。
② 同上书，第57页。

第四章 叛逆了的"家庭中的天使"

主妇"的感觉,尽管在说"女主人"时,他的意思不是指家庭主妇,而是略有不同。①

在奥兹自己家中,情况也是如此。母亲只是父亲一贯的忧伤的倾听者,从不接父亲的话茬。陈腐烦冗的学究气充斥社会,父亲盲目崇拜这些陈腐的学究及其观点,母亲提出异议时,父亲以"行了,我们不说了。今天就到这里结束"②结束谈话,而不和妻子进行讨论。父亲是依据风俗行事的:当时赞美女子要赞美她做得一手好蛋糕和饼干,却从来不会赞美一个女子有高明的见解,因为介入谈话的女性是不受欢迎的,男性需要的仅仅是一直保持沉默的"非凡的听众"③。这种风俗潜移默化、根深蒂固,甚至连孩子都"对妈妈瞬间打断男人们的谈话感到有些苦恼"④。

在20世纪巴勒斯坦犹太人的观念中,与女人并驾齐驱对男人来说将是一种不幸。阿格农获得诺贝尔文学奖后,一个出租车司机说:"遗憾的是,他最后和一个女人势均力敌。"⑤一个最为普通的出租车司机的这一评价,代表了奥兹笔下20世纪巴勒斯坦犹太女性最普遍的生存状况:女性是相对于男性的"第二性",并且这种"第二性"身份已经在男性世界中根深蒂固。通过将女性规定为"第二性",犹太传统文化不仅剥夺了女性的话语权,还制造了女性主体性的不在场。

---

① [以]阿摩司·奥兹:《爱与黑暗的故事》,钟志清译,译林出版社2007年版,第71页。
② 同上书,第68页。
③ 同上书,第402页。
④ 同上书,第403页。
⑤ 同上书,第78页。

二 叛逆的天使

但奥兹在其小说中塑造了一系列具有反传统倾向的女性，叛逆了的"家庭中的天使"——这些女性拒绝遵守传统犹太社会为她们制定的行为规范，为此付出了沉重的代价。

这些女性的第一种行为倾向是背叛忠诚原则。《何去何从》中的伊娃与堂兄弟私奔，她的女儿诺佳婚前被强暴，16岁生私生子；《鬼使山庄》中的鲁思抛夫弃子，与好色成性的英国将军私奔；《黑匣子》中，身处第一段婚姻时伊兰娜的私生活一度成为全城丑闻，第二次婚姻中她又与前夫阿历克斯纠缠不休；《莫称之为夜晚》中诺娅的母亲与情人私奔；《空心石》中的马蒂雅一度放荡堕落；《了解女人》中的伊芙瑞娅与单恋自己的男邻居一起触电身亡，其死亡有以殉情来报复丈夫的嫌疑。

第二种行为倾向是背弃谦逊与仁爱原则。短篇小说《胡狼嗥叫的地方》中的坦尼娅是疲惫、刁钻、爱抱怨、富有攻击性的庸俗妇人；《志未酬，身先死》中的扎什卡暴戾、自私、狭隘；《怪火》中莉莉的两次婚姻共维持了七个月，她诋毁女儿的爱情并勾引女儿的未婚夫；《空心石》中的马蒂雅虐待女儿迪查，步入老年后变得尖刻、自私，迪查虐猫并叛逆。

第三种行为倾向是背离智慧原则。《我的米海尔》中的汉娜沉溺于白日梦、自虐并最终自杀；《沙海无澜》中的丽蒙娜以睡美人般麻木、迟钝的态度与丈夫相处；《爱与黑暗的故事》中范妮娅患严重抑郁症之后自杀身亡；《游牧人与蜂蛇》中葛忧拉因不受异性青睐而备感孤独，与贝都因人的相互吸引无疾而终后，

88

她试图以臆想中的性袭击煽动基部兹针对贝都因人的复仇行动;《空心石》中马蒂雅将女儿迪查当作假想中的情敌;《在这邪恶的土地上》皮特达恋慕父亲并视自己的燔祭仪式为两人的婚礼;《风之道》中23岁的莱雅格林斯潘陷入情网,却只成为56岁的工人运动领袖施姆顺·欣鲍姆传宗接代的工具;《特拉普派隐修院》中的布鲁瑞是英雄以彻激烈战斗之后的肉体慰藉并被其粗暴对待,但她疯狂崇拜并爱慕以彻,尝试以与别人发生肉体关系这种方式来刺激以彻,得到以彻的感情。

三 觉醒与突围

女性主义学者对女性的传统性别角色分工及该分工对女性的折磨作出过生动的描述:"女性一直是男人的奢侈品,是画家的模特,诗人的缪斯,是精神的慰藉,是护士、厨师,替男人生儿育女,是他们的文秘和助手。"[①] "女性什么都是,惟独不是她自己,在家庭中陷入毫无创造性的琐碎家务。几乎没有什么工作能比永远重复的家务劳动更像西绪弗斯(Sisyphus)所受的折磨了:干净的东西变脏,脏的东西弄干净,再变脏,再弄干净……周而复始,日复一日,年复一年,在机械与重复中,主妇在原地耗尽自己的一生。"[②]

奥兹小说中女性对其所处地位,对"家庭中的天使"这一角色有着清醒的意识。这些女性能够陈述自己不堪忍受的痛苦,控

[①] [美]艾德里安娜·里奇:《当我们彻底觉醒的时候:回顾之作》,张京媛:《当代女性主义文学批评》,北京大学出版社1992年版,第126页。
[②] 赵思运:《呻吟中的突围——女性诗歌对男权镜像的解构与颠覆》,《文艺争鸣》2001年第1期。

诉不合理的性别地位与角色分工，期待着传统与分工的变迁。

  现在是新世界。现在女人终于得到更多的机会过自己的生活。也许那不过是自己的虚幻？或者在年轻一代人里，女人仍然在夜深之际抱着枕头哭泣，而她们的丈夫睡梦正酣，因为她们感到难以做出抉择？我不想做出判决：这个世界已经不属于我了。为了进行比较，我得挨家挨户检查有多少母亲在夜间泪洒枕头，而丈夫们正在沉睡，比较那时的眼泪和此时的眼泪。

  有时我在电视里看到，有时我甚至在这里，在我的阳台上看到，年轻的伴侣在工作一天后一起做些什么……洗衣服，晾衣服，换尿布，做饭。一次我甚至在杂货铺里听见一个青年男子说明天他和妻子明天……他是这么说的，明天我们去做……羊膜穿刺术。我听到此话时，不禁喉咙哽咽：或许这世界毕竟变了？

  政治上的怨恨当然没有减退，宗教、民族，或者阶级之间的怨恨当然也没有减退，但是伴侣之间的怨恨，年轻家庭里的怨恨似乎有所减退。或许我只是在欺骗自己。或许一切都是在演戏，毕竟世界仍在继续，一如既往……母猫在舔自己的幼崽，而穿靴子的猫先生把自己浑身上下舔了一遍，拽拽自己的胡须，出门到院子里寻找欢乐？[①]

[①] ［以］阿摩司·奥兹：《爱与黑暗的故事》，钟志清译，译林出版社2007年版，第182—183页。

第四章 叛逆了的"家庭中的天使"

部分女性还能针对传统进行形而上的思考,能概括两性间沟通障碍问题的本质。从这些思考中可以看到女性主体性的萌芽:

> 后来范妮娅从布拉格给我写了一封富有哲学含义的信。我那时大概十七岁,她则是个十九岁的学生了,她的来信对我来说有点高深,因为我一向被认为是个小傻丫头,但我依旧清楚地记得,那封长信详尽地探讨了遗传与环境、自由意志的对立问题。
>
> 现在我试着告诉你她是怎么说的,可当然是用我自己的话,不是范妮娅的原话,我认识的人中很少有人具有范妮娅那样的表达能力。范妮娅基本上就是这么写的:遗传,以及养育我们的环境,还有我们的社会阶层……这些就像做游戏前随意分给人的纸牌,在这方面没有任何自由——世界给予,你只是拿上给予你的东西,没有机会选择。但是,她从布拉格给我写道,问题是大家都在处理分给他的牌。有些人技高一筹打出分给他的一手坏牌,另一些人则截然相反,他们浪费一切,失去一切,即使拿着一手好牌。这就是我们所说的自由的意义:如何用分给我们的牌自由出手。但是,就连出牌好坏时的自由,她写道,也富有讽刺地要依靠个人的运气,依靠耐心、智慧、直觉和冒险。在没有其他办法时,这些当然也只是游戏开始前分给我们或没有分给我们的纸牌。即或如此,我们最后还有什么选择的自由呢?①

---

① [以]阿摩司·奥兹:《爱与黑暗的故事》,钟志清译,译林出版社2007年版,第168页。

我边缝边问自己，是何种模糊的有机玻璃钟落到你我之间，把我们的生活同事物、空间、人和见解相分离？当然了，米海尔，我们有朋友、客人、同事、邻里和亲戚。但每当他们坐在我家客厅对我们说话时，由于玻璃之故，他们的词语总是不太明晰，甚至含混不清。只是从他们的表情上我能够猜出其用意何在。有时，他们的形体溶解成了没有轮廓的团团块块。①

我只和他发生肉体关系：肌肉、四肢、毛发。在内心深处，我知道我一次又一次地欺骗了他。用他自己的肉体欺骗了他。仿佛盲目跳入温暖的深渊之中。没有给我留下任何旁道。不久，这唯一的通道也会被堵住。②

随着主体性的萌芽，这些极度绝望、极度厌倦"家庭中的天使"这一角色分工的女性，尝试以自己的叛逆行为进行突围。《沙海无澜》中约拿单精神迷茫，不满父辈的精神约束，骚动不安。他因专注于自身的精神探索而拒绝妻子孕育的孩子，丽蒙娜被迫堕胎并因此罹患严重的妇科病。因为这个原因，丽蒙娜再次孕育孩子时生下一个死婴并几乎死于难产。遭受两次失去孩子的痛苦、差点失去生命的丽蒙娜并非天生迟钝。恪守谦逊、顺从原则但被彻底漠视、被残忍伤害之后，丽蒙娜极度绝望，她拒绝与丈夫进行精神上的沟通，在婚姻中维持"三人行"的

---

① ［以］阿摩司·奥兹：《我的米海尔》，钟志清译，译林出版社1998年版，第178页。
② 同上书，第210—211页。

格局并将智慧原则束之高阁，在古老神秘的巫术中寻找精神慰藉。丽蒙娜通过这种方式抛弃了自己作为女性的职责，也抛弃了传统的女性行为规范。其他女性角色清醒后的叛逆行为大同小异。如伊兰娜对丈夫满腹牢骚，"见鬼，他干吗就觉得只是在家里待一天就配得一枚英雄勋章而我就该在这里厮守一辈子？我干吗就得向他汇报我上哪里去了？我不是他的女仆。""我多么蔑视他圈子里的那些男性和他家里人对待他们可怜妻子的方式。"① 最终伊兰娜背叛了丈夫也背弃了忠诚原则。而范妮娅从来不曾融入过丈夫的家庭，她重度抑郁、濒临自杀时无休无眠地在阿格农的小说中排遣自己的孤独："她几乎每逢冬天都一遍又一遍地读《锁柄集》中的短篇小说。或许在里面她找到了共鸣，看见自己的忧伤和孤独。"②《沙海无澜》中的哈瓦陪伴生病的丈夫时却在内心控诉："你是国家要人，是的，而我，部长先生，一直是你的破抹布，是你长内衣下的旧袜子。……你不动声色地杀了我……"③

四 权力的生产性与女性的边缘化益处

以犹太教为代表的传统文化是犹太教育观念的重要来源，对犹太人犹太性的延续、犹太民族的复兴起着不可替代的重要作用。犹太教主张父权，相应地，传统的犹太文化和犹太教育

---

① [以] 阿摩司·奥兹：《黑匣子》，钟志清译，上海世纪出版集团、上海译文出版社 2004 年版，第 191 页。
② [以] 阿摩司·奥兹：《爱与黑暗的故事》，钟志清译，译林出版社 2007 年版，第 73 页。
③ [以] 阿摩司·奥兹：《沙海无澜》，姚乃强、郭涛译，译林出版社 1999 年版，第 115 页。

模式体现出鲜明的父权制特征，如学龄期的犹太孩子就已经被灌输了"男尊女卑"的观念。① 在20世纪之前的犹太教育模式中，"男人，身份较高，承担着保证犹太教的精神生存和宗教生存的责任；女人，身份较低，掌管着世俗事物。由于这一社会性别角色的划分，必须得把女人排斥在研习《托拉》的领域之外……女人担当着养家糊口的角色，这就需要她们和基督教环境接触，向社会倾斜，允许她们学习外语，并获得世俗教育。"②

  古代拉比文献不主张女子学习祈祷文，甚至反对她们学习《摩西五经》。以研习《圣经》，《塔木德》和犹太律法为主要职责的犹太男子害怕女性可能污染膜拜仪式，或者会使他们分心，不能专心致志地进奉上帝，结果，女子不得在犹太会堂、学堂或者司法部门承担要职。这种传统一连延续了十几个世纪。③

  在这期间，只有一些拉比鼓励一些出身富有或者学者家庭、富有天赋的犹太女子学习并教授犹太律法，这些犹太女子因此能够接受良好的教育，对犹太宗教、智力与文学生活做出了贡献。但在整个犹太文明历史的发展进程中，这样学

---

① Susan Weidman Schneider, *Jewish and Female: Choices and Changes in Our Lives Today*, New York: Simon and Schuster, 1984, p. 284.
② [以]伊里丝·帕鲁士：《19世纪东欧犹太社区中的女读者》，钟志清译，《中国图书评论》2009年第4期。
③ Judith Romney Wagner, "The Image and Status of Women in Classical Rabbinic Judaism", In *Jewish Women in Historical Perspective*, ed. Judith R. Baskin, Detroit: Wayne State University Press, 1991, p. 71. 转引自钟志清《黛沃拉·巴伦：把情感和细腻带入干巴巴的希伯来语》，《中国图书评论》2009年第4期。

识渊博的犹太女子在数量上微乎其微。①

犹太人的民族语言——希伯来语的发展过程本身，也在某种程度上体现着犹太社会中社会性别体制的不平等。希伯来语是一门男性语言，或者是犹太学者所说的一门"父语"，不单纯指希伯来语在语法学上有阴性阳性之分；而且指从公元 135 年巴尔·科赫巴领导的反对罗马人的起义被最后镇压下去犹太人开始散居世界各地到 19 世纪中后期的近两千年间，伴随着希伯来语逐渐失去了口语交际功能这一文化进程，希伯来语成了男人们进行祈祷和学习宗教圣典的语言，为男人们所特有。在这一传统中，不具备学习犹太宗教圣典权利的犹太女性也逐渐丧失了使用希伯来语的能力。② 特拉维夫大学的女性文学研究者托娃·罗森教授在考察中世纪希伯来文学中的性格属性时发现，整个中世纪只留下公元 10 世纪下半期西班牙犹太文化黄金时期诗歌学校创办者达努什·本·拉伯拉特夫人创作的一首悼亡诗。③

这一带有严重性别歧视的教育模式在犹太启蒙运动即哈斯卡拉运动开展之后仍被延续。相当长的时间内，女性被禁止学习希伯来语：

---

① 钟志清：《黛沃拉·巴伦：把情感和细腻带入干巴巴的希伯来语》，《中国图书评论》2009 年第 4 期。
② 同上。
③ Tova Rosen, *Unveiling Eve*: *Reading Gender in Medievil Hebrew Literature*, Philadelphia: University of Pennsylvania Press, 2003, p.1. 转引自钟志清《黛沃拉·巴伦：把情感和细腻带入干巴巴的希伯来语》，《中国图书评论》2009 年第 4 期。

在始于18世纪的犹太启蒙运动中，尽管以门德尔松为首的启蒙思想家倡导新的教育模式，鼓励用希伯来语进行世俗创作，鼓励把用其他语言撰写的著作翻译成希伯来语，甚至出版希伯来语刊物，但是在对待女性的态度上，早期的犹太启蒙主义者仍然维护着传统的社会模式，他们不但禁止女子学习《摩西五经》或其他犹太宗教经典，甚至阻止女子学习在男性启蒙教育中占重要作用的希伯来语。因此，犹太女子只能接受世俗教育，通过意第绪语或其他欧洲语言阅读文学。在这种教育氛围里，许多犹太女性缺乏基本的希伯来语知识，甚至在教堂里跟不上阅读祈祷文，就更谈不上用希伯来语进行阅读，乃至创作了。①

按照伊里丝·帕鲁什的说法，即便到了19世纪60年代之前，启蒙思想家在听到希伯来女性读者接触希伯来语及其创作时，也仍然怀着不屑。他们并未提倡建立女子学校，而是鼓励女子采用非正式的方式学习，对这样的女子并不予以赞赏，而且在为女子写作作品时，采用所谓女子的阅读语言，即意第绪语。因此，当时掌握希伯来语的女子寥寥无几。只有到了19世纪80年代，犹太启蒙思想家才逐渐意识到有必要教女子希伯来语，使其参与到民族复兴的运动中。②

---

① 钟志清：《黛沃拉·巴伦：把情感和细腻带入干巴巴的希伯来语》，《中国图书评论》2009年第4期。
② Iris Parush, *Reading Jewish Women, Marginality and Modernization in Nineteenth Century Eastern European Jewish Soeiety*, Lebanon, NH: Brandeis University Press, 2004, p. 221. 转引自钟志清《黛沃拉·巴伦：把情感和细腻带入干巴巴的希伯来语》，《中国图书评论》2009年第4期。

第四章 叛逆了的"家庭中的天使"

关于权力的运作，福柯在《认知意志》中，以忏悔（Confess）的演变过程论证了权力对性话语的煽动，质疑了"性压抑说"，从而说明权力的运作不是简单的禁止，其生产、肯定、积极性质比压制、否定、消极性质更为根本，而且前者正是依赖后者得以运行的。传统犹太文化尤其是传统犹太宗教教育对女性的否定、压抑与排斥在客观上产生了积极意义与生产功能：在哈斯卡拉运动以前的犹太神权社会发展阶段，犹太女性与宗教这一主流话语疏离，开始接受世俗教育；哈斯卡拉运动之后，犹太女性与男性相比，更接近欧洲思想文化。于是，与"隔都"或"精神隔都"中固守传统的男性群体相比，传统犹太文化和教育体制赋予的边缘地位使女性拥有了相当程度的自由，使她们有机会走向非犹太文化尤其是现代欧洲文化。

中世纪以来欧洲女性的地位持续上升。十字军东征期间，贵族女性获得了家庭财产的拥有权和管理权并涉足公共领域[1]；拜占庭的圣母崇拜被带回到欧洲，"使得女性不再是等同于夏娃（堕落女性）的单一形象"；"骑士爱情提供了一种全新的两性关系"，带来尊重女性、爱护女性的骑士传统和绅士风度。[2] 工业革命之后女性对社会经济活动的影响越来越明显；欧洲启蒙运动、法国大革命和俄国革命使平权思想深入人心；19世纪女权主义运动兴起以后，女性争取自身平等的政治、经济权利与文化地位的活动越来越频繁。完备的世俗教育使犹太女性与欧洲女性的思想

---

[1] 参见徐善伟《男权重构与欧洲猎巫运动期间女性所遭受的迫害》，《史学理论研究》2007年第4期。

[2] 贺璋瑢：《西欧中世纪的女性观浅探》，《学术研究》2004年第9期。

发展趋于同步。如在18世纪末19世纪初,柏林的沙龙代表了沙龙发展史上的高峰,而这些沙龙的主要创办者是犹太女性。这些女性因在沙龙上充分展现了自己的个性和丰富的文化修养而"引人注目地跻身于当时社会文化领域的中心,被视为近代妇女解放的先驱"[①]。

奥兹笔下的女性大都有着良好的世俗教育背景。《爱与黑暗的故事》中,施罗密特年轻时是东欧希伯来文学沙龙的首创者,凭着优雅的举止和不俗的品位将约瑟夫·克劳斯纳夫妇、犹太复国主义先驱兼热爱锡安运动的领袖门纳海姆·尤西施金、切尔诺维茨拉比、著名诗人比阿里克、车尔尼霍夫斯基等名流聚集在一起。正是这些常客为以色列建国、希伯来语的复兴、希伯来文学的发展做出了卓越的贡献。

> 正是施罗密特奶奶,一位酷爱书、理解作家的杰出女性,把敖德萨的家变成了一个文学沙龙——或许是有史以来第一个希伯来文学沙龙。她凭自己特有的敏感意识到,孤独与渴求认知,羞怯与狂放,内心深处的不安全感与陶醉自我的自大狂妄,这些别别扭扭的组合驱动着诗人和作家走出书斋,你找我我找你,你挨我我靠你,找乐,调笑,放下架子,互相感受,手搭着肩,或胳膊搂着腰,谈天说地,争论不休,有点唠叨,有些好奇地查看别人的隐私,阿谀逢迎,意见不一,串通勾结,正确无误,生气见怪,道歉,修补,互相回

---

① 宋立宏、王艳:《从"自我教化"到同化:近代柏林的沙龙犹太妇女》,《学海》2012年第5期。

避，再寻找自己其他的伙伴。

她是完美的女主人，她在招待客人时朴实无华，然而优雅大方。她向众人呈上倾听的耳朵，承受的肩膀，好奇羡慕的眼神，同情的心灵，自己用鱼做的佳肴，冬天晚上一碗碗热气腾腾有滋有味的烩菜，入口即化的罂粟子蛋糕，从俄式茶炊里倒出的一碗碗滚烫的热茶。

爷爷的工作是以专业水平倒利口酒，给女士们供应巧克力和甜蛋糕，给男士们供应呛人的俄国烟。①

激烈争论涉及希伯来语言和文学的复兴、革新之局限、犹太文化遗产与民族文化之关系、同盟会会员、意第绪主义者（约瑟夫伯伯，以争辩的语调，称意第绪语为"胡言乱语"，平静下来后称之为"犹太德语"）、朱迪亚和加利利地区的定居点、赫尔松或哈尔科夫犹太农民的老问题、克努特·哈姆孙和莫泊桑、强权与社会主义、女人和农业等诸多问题。②

范妮娅姐妹移民前便开始接受世俗教育，范妮娅曾先后在布拉格大学与希伯来大学跟随名师攻读历史和哲学，并对文学有着浓厚的兴趣。她视野开阔、有独立的政治立场和思考能力，思想深刻、富有创意、才华横溢，甚至比学者丈夫阿里耶更有洞察力：

---

① [以] 阿摩司·奥兹：《爱与黑暗的故事》，钟志清译，译林出版社2007年版，第100页。
② 同上书，第102页。

1919年，犹太教育组织塔勒布特在罗夫诺开设了一所希伯来语中等学校、一所小学，以及几所幼儿园。我母亲和她的姐妹们在塔勒布特学校受的教育。在二三十年代，罗夫诺出版了希伯来语和意第绪语报纸，十个或十二个犹太政党相互之间斗争激烈，希伯来文学俱乐部、犹太教、科学和成人教育生机勃勃。二三十年代，反犹主义在波兰愈演愈烈，犹太复国主义和希伯来教育则变得越来越强大，与此同时（并不矛盾），宗教与世俗分离论和非犹太文化的吸引力越来越大。①

你的哈娅姨妈在我们三人当中最热心于谈妇女解放问题……但是只有当她们开始自然地交谈和争论时……范妮娅也有点主张妇女参政，但有些疑虑。②

塔勒布特的教育确实充满着人文主义色彩，进步，民主，而且是艺术的，科学的。他们努力给男孩女孩平等的权利。③

我记得我们总是争论，与我们的女朋友争论，与男孩争论，在家里也在我们之间争论，探讨诸如什么是正义，什么是命运，什么是美，什么是上帝。当然我们也争论巴勒斯坦问题，同化问题，政党问题，文学问题，社会主义问题，或者是犹太人的不幸。哈娅、范妮娅和她们的朋友特别好争论。我争论得少一些，因为我是小妹妹，她们总是对我说：你只管听着。哈娅是犹太复国主义青年运动中的一个重要人

---

① ［以］阿摩司·奥兹：《爱与黑暗的故事》，钟志清译，译林出版社2007年版，第155页。
② 同上书，第184页。
③ 同上书，第196页。

物。你母亲是青年卫士的一员,三年后我也加入了青年卫士的行列。在你们家,克劳斯纳家,最好只字不提青年卫士。那对他们来说太"左倾"了。克劳斯纳一家甚至不愿意听到提起青年卫士的名字,因为他们非常非常害怕你会从中接受些星星点点的红色。①

父亲的敏锐与渊博给诸位名作家和学者留下了深刻印象。他们深知,每当字典或参考书令之大失所望时,他们始终可以依靠他渊博的学识。但是比利用我父亲及其学术专长更甚者,是他们对我母亲能够伴他而来而毫不掩饰地感到高兴。她深邃而鼓舞人心的关注,促使他们乐此不疲地追寻语词技艺。她沉思的神态,她突如其来的问话,她的目光,她的评论,会给正在讨论的话题增添几分珍贵的理解,使他们不住地说啊说,仿佛他们有点陶醉,谈论他们的工作,他们那充满创造性的斗争,他们的计划以及他们的成就。②

多年过去后,我偶然碰到了他们当中的一两位,他们对我说,我母亲是位非常迷人的女子,一个真正受到神灵启迪的读者,每位作家孤独地在书房里艰苦劳作时都梦幻着拥有这样的读者。她没有留下自己的创作真是一件憾事,她过早的离世可能使我们失去了一位才华横溢的作家,而那时希伯来女性创作屈指可数。③

要是这些名人雅士在图书馆或街上碰到我的父亲,他们

---

① [以] 阿摩司·奥兹:《爱与黑暗的故事》,钟志清译,译林出版社2007年版,第167页。
② 同上书,第423页。
③ 同上。

会和他简短聊聊教育部长迪努致大学校长们的书信，或是扎尔曼·施奈欧尔在年事已高之际想成为沃尔特·惠特曼，或克劳斯纳教授退休后谁会接替他做系主任，而后他们会拍拍他的肩膀，眼睛放光，笑容可掬地说，请向你的太太致以温馨的问候，一个真正出色的女人，那么文雅而富有洞察力的女人！颇有艺术天赋！①

他们深情地拍着他的肩膀，在内心深处却嫉妒他拥有那样一个妻子，不知她看上这个书呆子什么了，即使他渊博、勤奋甚至相对来说，不是一个微不足道的学者，但是在我们当中却是个学究气十足完全没有创造力的学者。②

奥兹小说中的其他女性角色也大多如此。《何去何从》中伊娃具有很高的音乐天赋，是基布兹音乐小组的召集人；《鬼使山庄》中的鲁思、《我的米海尔》中的汉娜都曾在希伯来大学学习文学；《了解女人》中伊芙瑞娅生前曾撰写硕士论文；《黑匣子》中伊兰娜曾在一家著名的周报当编辑；《莫称之为夜晚》中诺娅曾在特拉维夫大学攻读文学；《鬼使山庄·思念》中米娜是著名的医生和学者；《费玛》中的约珥是研究喷气式汽车的科学家。

传统教育模式逐渐带来诸多问题，这些问题逐渐出现在现代犹太社会并愈演愈烈：

---

① ［以］阿摩司·奥兹：《爱与黑暗的故事》，钟志清译，译林出版社2007年版，第423页。
② 同上。

第四章 叛逆了的"家庭中的天使"

俄国社会中的犹太教育仍然充满着高度的性别色彩。重视知识的家庭把男孩送进犹太宗教小学或者经学院，但主要让女孩通过各种方式接受世俗教育，结果造成这些年轻的知识女性越来越鄙夷传统的犹太社会，甚至蔑视自己的婚配对象——那些按照传统犹太文化标准培养出来的所谓精英，离犹太世界越来越远。在这种背景下，无论是犹太复国主义者还是正统派犹太教领袖达成共识，一向捍卫传统犹太律法的拉比建议犹太女子接受传统文化教育，而犹太复国主义者和犹太民族主义者则主张建立犹太学校，在那里教她们的女儿希伯来语和犹太历史，同时要让这些未来以色列国的妈妈们拥有民族主义意识。[1]

因身处边缘地位而接受了世俗教育的犹太女性在文化认同上很容易产生严重的去犹太化倾向："沙龙犹太女性所受的严格世俗教育恰恰弥补了她们传统宗教教育的缺乏，这不仅使她们一旦面对外来文化比男同胞更容易疏离犹太教，而且也很难承担起传统犹太妇女的角色，她们中的不少人就没有生儿育女。"[2] 同样，良好的世俗教育使奥兹笔下的现代犹太女性表现出更明显的去传统倾向。以范妮娅为代表的这些接受过现代教育、欧洲化了的女性敏感、聪颖，逐渐萌生出鲜明的个性意识：

---

[1] Paola E. Hyman, "Two Models of Modernization: Jewish Women in the German and the Russian Empires", In *Jews and Gender: The Challenge to Hierarchy*, ed. Jonathan Frankel, New York: Oxford University Press, 2000, p. 47. 转引自钟志清《黛沃拉·巴伦：把情感和细腻带入干巴巴的希伯来语》，《中国图书评论》2009 年第 4 期。

[2] 宋立宏、王艳：《从"自我教化"到同化：近代柏林的沙龙犹太妇女》，《学海》2012 年第 5 期。

你妈妈打心里也是个无政府主义者。当然，在克劳斯纳们当中，她从来也不能表达出来，若是表达出来他们会认为她特别奇怪，尽管他们总是对她彬彬有礼。总体来说，对克劳斯纳家族的人们来说，礼貌是最重要的。你的祖父，亚历山大爷爷，要是我不把手迅速拿开的话，就被吻上了。有个少儿故事讲的是穿靴子的猫，在克劳斯纳家里，你母亲就像关在笼子里的一只鸟儿，挂在穿靴子猫的客厅里。①

但这些女性在男权话语的高压中无所遁形，遭受"第二性"身份的压抑而无法摆脱，所以精神抑郁，或用肉体刺激来麻醉自己，或自虐、歇斯底里甚至自杀，鲜有正常的精神状态。奥兹小说中的这些不幸女性，大多是欧洲移民或欧洲移民的后代，她们接受的教育是欧洲式的现代教育。欧式教育催化了她们主体意识的萌芽与成长。她们的主体意识与传统性别观念的冲突，实际上是西方现代文明与犹太传统文化冲突的表征。

---

① ［以］阿摩司·奥兹：《爱与黑暗的故事》，钟志清译，译林出版社2007年版，第186页。

第五章

受创的单恋者

公元 70 年第二圣殿被毁，以及 132—135 年巴尔·科赫巴起义的失败，使得犹太民族失去了在自己固有家园——以色列——自由自在生活的权利，犹太民族将近两千年的大流散（the Negation of the Diaspora，希伯来语 shi'lilat hagola）从此拉开序幕。犹太民族的主体不得不离乡背井，生活在以色列以外的地方，并最终散落在世界五大洲，犹太民族成了一个地地道道的"流散民族"。为了描述大流散历史，奥兹将小说《直至死亡》的背景置于第一次十字军东征时期的欧洲，以主人公伯爵及其追随者的视角描写了三个犹太人的遭遇。

第一个犹太人在诸多灾难之后成为厄运的替罪羊，他想为自己申辩，但是无济于事；第二个犹太小贩最初并没有意识到自己的危险处境，他一直试图取悦讨好，献上自己的全部家当和钱，以求与对方和睦相处，但未能如愿。他没有任何反抗，逆来顺受地面对死亡，这在某种意义上象征着在大规模的排犹主义时期到来之前在欧洲漂泊不定的犹太人的命运已经受到威胁。最后一个犹太人的死更加令人发指，他试图保护本民族文化遗产，但在饱尝痛苦与折磨后死去，则同日后的大屠杀事件与种族灭绝产生了某种象征性联系。①

三个犹太人的遭遇是大流散过程中犹太民族可怕遭遇的缩影。漫长的大流散历史的烙印被深深镌刻在每一位犹太人身上，其中包括奥兹笔下的女性群体。

一 被迫移居锡安山的犹太人

锡安（Zion）是耶路撒冷的锡安山，代指犹太人的家园。第一圣殿被毁之后，身处巴比伦的犹太人就产生了返回家园的强烈愿望，这种愿望被称为"锡安主义"（Zionism）。锡安主义产生了现实的影响，出于执行犹太教诫命、在故土学习《托拉》、生活或长眠于故土、逃避欧洲人的迫害、加快弥赛亚的到来、振兴犹太民族等原因，散居在世界各地或流亡海外的犹太人不断采取回到故土以色列居住、生活的实际行动。这样的行动被称为"阿利亚"，意思是"上升"。欧洲历史上针对犹太人的迫害活动是阿利亚得以维持的一个重要因素。如从19世纪末开始，欧洲各地出现了大规模反犹运动，大批犹太人被迫迁居巴勒斯坦，仅在希特勒掌权并推行大规模反犹政策后的1934—1939年，巴勒斯坦犹太移

---

① 钟志清：《阿摩司·奥兹〈直至死亡〉中的犹太意象》，钟志清《"把手指放在伤口上"：阅读希伯来文学与文化》，中央编译出版社2010年版，第209页。

民人数就相当于以往 20 年移民总数的两倍多。① 《爱与黑暗的故事》中，奥兹通过讲述家族的移民历史来描述多数犹太人的移民动因与心态。

  十月革命、内战和红色胜利后的困惑、贫困、审查和恐惧，使敖德萨的希伯来作家们和犹太复国主义者四处逃散。约瑟夫伯伯和琪波拉伯母和他们的许多朋友一道在 1919 年年底乘坐"鲁斯兰"号前往巴勒斯坦，他们抵达雅法港口宣告了第三代阿里亚的开端。其他人从敖德萨逃往柏林、洛桑和美国。

  亚历山大爷爷、施罗密特奶奶和他们的两个儿子没有移居巴勒斯坦——尽管在亚历山大爷爷的诗歌中跳动着犹太复国主义的激情，但是那片土地在他们眼里太亚洲化，太原始，太落后，缺乏起码的卫生保障和基本文化。于是他们去了立陶宛，那里是克劳斯纳一家，爷爷、约瑟夫伯伯和拜茨阿里勒的父母二十五年前离开的地方。维尔纳依旧在波兰的统治之下，激烈的反犹主义在那里从未间断，一年年愈演愈烈。民族主义和恐外症在波兰、立陶宛一直起支配作用。庞大的犹太少数民族对于被征服得服服帖帖的立陶宛人来说，仿佛是压迫者体制的代言人。边境那边，德国正遍布着新的、冷酷凶残的仇犹纳粹。

  爷爷在精神上向往着经历两千年不幸、正在重建的阿里

---

① 徐新：《犹太文化史》，北京大学出版社 2006 年版，第 286—296 页。

茨以色列。……他为犹太民族基金会捐款,给犹太复国主义者支付谢克尔,热切地阅读点点滴滴的阿里兹以色列信息,为杰伯廷斯基的演讲如醉如痴。……然而,即使维尔纳大地的火舌快烧到他和家人的脚下时,他还是倾向于——也许是施罗密特奶奶使之倾向于——到某地寻找不像巴勒斯坦那么亚洲化、比总是暗无天日的维尔纳略微欧洲化的新家园。1930年到1932年,克劳斯纳想移民法国、瑞士、美国(尽管有红色印第安人)、斯堪的纳维亚国家和英国。但这些国家无人愿意接纳他们,他们的犹太人已经够多了。("一个都多。"加拿大和瑞士的部长们那时说,其他国家嘴上不说但也这么办。)

约在德国纳粹执政前的十八个月,我那位犹太复国主义爷爷竟然无可救药地对维尔纳的反犹主义视而不见,甚至申请德国国籍。让我们幸运的是,德国也拒绝接受他。

因此在1933年施罗密特和亚历山大·克劳斯纳,那两位已对欧洲失望透顶的恋人,与他们刚刚完成波兰文学和世界文学学士学位的幼子耶胡达·阿里耶兴味索然,几乎是不太情愿地移民到亚洲化的亚洲,移民到爷爷年轻时代写下的感伤诗歌中一直向往的耶路撒冷。①

对耶路撒冷无限神往、胸臆中洋溢着复国主义激情、渴望重建以色列并为之贡献个人财富的犹太人,在走投无路的绝望中才

---

① [以]阿摩司·奥兹:《爱与黑暗的故事》,钟志清译,译林出版社2007年版,第104—108页。

迁居巴勒斯坦。究其原因，他们早把残酷对待他们的欧洲视为自己的家园，把巴勒斯坦视为蛮荒之地，未开化的亚洲的一部分。

在这样的大背景下，带着被迫害的伤痛和认同危机，奥兹笔下的犹太女性痛苦地在巴勒斯坦贫瘠的土地上着陆。

二 散存结构中的文化同化

伴随着犹太民族在世界各地的迁徙与生活，犹太人分散地生存于异质文化中，散存结构成为犹太文化的整体结构特征。[①] 这种散存结构首先意味着犹太文化与异质文化相互接触、相互联系的关系状态。犹太人要生存下去必须也一定会与居住地文化发生联系。总体来说，犹太人作为外来客民在文化交流与碰撞中往往处于弱势地位，所以散居中的犹太民族同客居地的文化接触，一般是以犹太人对客居地文化的适应和吸收的方式进行的。在犹太文化与异质文化的交流与碰撞中，文化同化是最具有代表性的关系取向。由于犹太文化在整体上呈现出散存特征，犹太人不同程度的同化不仅在理论上，而且在实践上都是可能甚至是必然的。犹太人被同化的现象早在古代以色列亡国时期就曾大规模出现过，"失踪的以色列十族"便是如此。在犹太人离开家园后的漫长的大流散过程中，异质文化对犹太人或"威逼"或"利诱"，总有一些犹太人或屈服或被引诱而掉队，即使是在现当代，同化问题依然是犹太民族无法回避的严峻问题。

文化同化通常分为两类：强制性同化和自然性同化，历史上

[①] 参见刘洪一《犹太文化要义》，商务印书馆2004年版，第66—89页。

针对犹太人的诸种迫害行为是强制性同化的不同表现形式。奥兹在小说中对两类同化现象及它们带给犹太人的影响进行了生动而具体的描写：反犹主义本质上是对犹太文化的强制性消解，但在客观上唤醒了犹太人的民族意识；自然性同化使犹太人单向认同欧洲，产生了严重的身份困惑，也使犹太人实现了身份再造，使犹太文化具备了世界性特征。

当客居地的经济、思想、文化等表现出强大的诱惑力时，在犹太人中确实有一种脱离犹太传统投进非犹太文化怀抱的自然性同化的倾向，这种倾向尤其发生在犹太文化与客居地文化的力量对比悬殊，而客居地文化又对犹太人表现出较大的宽容或允诺为犹太人提供较好的生存环境的时候。在近现代欧美各地，由于启蒙运动、资产阶级革命的发展，民主、自由观念日渐深入人心，犹太人的境遇较中世纪总的来说有了较大改观，犹太人与居住地文化的接触进入正常状态，居住地文化对犹太人表现出强大的辐射力，犹太人对居住地文化的自然性融入和归附频频发生。

文化同化过程虽然并无固定的模式，但一般呈现为由表及里、由浅及深的渐进过程。犹太人首先改变其外在特征，以获得居住地主体文化的接纳与认同。他们使用居住地语言、服饰、姓名等。在犹太传统中，改名可以帮助人们避邪免灾，可为病人祛病。犹太人对改名进行了创造性的运用：把改名作为融入异质文化、谋求居住地文化接纳的一种手段和途径，一如自然界生物的拟态。如俄国犹太人以"斯基"命名，他们进入欧美国家后可能冠以"史密斯"这样的名字或姓氏。当然在犹太人同化过程中，更具本质意义的是犹太人在内心情感、思想观念、信仰与价值观等方面发生的改变。在近现代，当犹太人发现受洗是"进入欧洲文化的门票"并自愿领取这张门票时，这些领取了门票的犹太人便真正开始了对欧洲文化主流的汇入。此外，在人道主义、启蒙运动、法国大革命、俄国革命、西方民主化等思潮运动的冲击感召下，犹太人与非犹太人也都更有可能冲破原有的狭隘的民族主义的羁绊，这也为犹太人进入西方世界创造了新的条件。[1]

其中，犹太启蒙运动即"哈斯卡拉运动"，是犹太民族思想现代化，大规模接受欧洲文化的开端。哈斯卡拉运动的目标在总体上是以鼓励犹太人通过世俗教育、广泛接触和吸收欧洲文化的方式，在犹太人的文化生活中悄悄地引起一场变革，最终塑造出能在思想上摆脱传统束缚、在思想和经济上适应欧洲主流社会的一代新型"现代"犹太人。运动在主要倡导理性主义，努力促使犹太人走出自我封闭、融入欧洲主流文化，成为欧洲社会一员的同时，希望把传统的犹太教改造成一个接受西方文化习俗的开明的犹太教。为此，哈斯卡拉运动反对拉比的权威，主张改变注重《塔木德》的传统教育模式，接受世俗的非宗教的教育，提倡传播科学新知识和现代化的生活方式，使犹太人能与所在社会广泛接触，选择新的职业。[2]

在哈斯卡拉思想的影响下，犹太人对世俗文化产生了浓厚的兴趣，努力学习和掌握欧洲文化和科学技术，有着优良学习传统

---

[1] 参见徐新《犹太文化史》，北京大学出版社2006年版。
[2] 同上书，第279页。

的犹太人的聪明才智得到了最大限度的发挥。犹太人频频在欧洲的科学、艺术、思想甚至政治领域做出卓越的贡献。"有鉴于前现代文明（Premodern Civilizations）的标志是对神圣及神学家正统权威知识的普遍敬畏，那么现代性则将公共和个人生活的大部分领域从宗教的监理和神学价值中解放出来，并对人类理解世界和塑造自己命运的能力充满信心。"[1] 当身居西方的犹太人尾随西方人走向现代化时，世俗主义成为现代犹太人的重要文化特征，犹太人的犹太性便显得日渐模糊。于是，"大批犹太人在西欧的生活标志着犹太人由亚洲人向欧洲人的转变。经过近千年的历史整合，到了19世纪，犹太人的主体已经不再是东方人了，而是成为了西方社会的成员。"[2]

需要指出的是，犹太人被居住地文化的同化即便是自然的和主动的，这种自然和主动同化的背后也必定存在某种强制性文化规范，只不过这种强制性文化规范是以非常隐蔽的方式来发挥作用的。福柯认为，"权力总是与知识携手并进，利用知识来扩张社会控制，故而知识并不是客观的、中立的。"[3] 所以，即便是包括哈斯卡拉运动本身在内的自然性同化，背后都隐藏着强制性的权力运作：强势文化对异己的弱势文化的排斥与消解。

文化同化给犹太民族带来永远的痛。首先，信仰危机的出现。不少犹太人为了获得进入欧洲文明的"入场券"，获得欧洲

---

[1] Robert M. Seltzer, *Jewish People, Jewish Thought: The Jewish Experience in History*, New York: Macmillan Publishing Co. Inc., 1980, p.709. 转引自徐新《犹太文化史》，北京大学出版社2006年版。
[2] 徐新：《犹太文化史》，北京大学出版社2006年版，第52—53页。
[3] 朱立元：《当代西方文艺理论》，华东师范大学出版社1997年版，第337页。

人的认可与接纳，不惜彻底放弃犹太人的传统。在哈斯卡拉运动兴起的德国，同化现象最为严重。门德尔松的一些子女在他生前就选择皈依了基督教，而在他身后，他的所有直系后裔全都接受了基督教的洗礼。而海涅、马克思这些著名的犹太人也都皈依了基督教。

更多的犹太人在精神上受到折磨，犹太民族长期生活在异族文化的夹缝中，自我身份的困惑在犹太人中普遍存在，这种对身份的自觉在文学中常常体现为强烈的局外感、边缘感乃至非我的异化感。那些急于拥抱现代化、寻求彻底解放的犹太人往往在放弃传统和自己的文化后，并不能得到主流社会的承认，即便是皈依基督教的人也还是被猜疑，被认为是"不可信任者"。而19世纪末20世纪初欧洲的反犹浪潮更使认同欧洲文化的犹太人陷入绝望。严重缺乏归属感的犹太人不知所措、无所适从，成为文学作品中所描写的"失去根基"的人、异化的人。他们熟悉多种文化，但又觉得自己不属于其中任何一种文化。犹太人个人的身份困惑是犹太民族漫长流散历史的遗存与衍生物，并成为犹太人民族无意识的重要内容。

三 认同与认同危机

当欧洲的每面墙壁上都写着"犹太人滚回巴勒斯坦去"时，大批犹太女性选择移民巴勒斯坦。移民后这些女性无法适应巴勒斯坦的生活，也无法在当地犹太社会获得归属感。她们心目中的"应许之地"始终是欧洲而非巴勒斯坦。身处巴勒斯坦的犹太移民女性及其后代出现了"生活在他处"的严重的认同危机。

(一）认同及其机制

弗洛伊德最早提出认同问题，他认为认同（Identity）是个人与他人、群体或模仿人物在感情上、心理上趋同的过程。认同是对共同或相同的东西进行确认，是确认相同的过程，是"社会成员对自己某种群体归属的认知和感情依附"。[①] 如论及民族认同，王建民认为，"所谓民族认同，是指一个民族的成员相互之间包含着情感和态度的一种特殊认知，是将他人和自我认知为同一民族的成员的认识"。[②] 作为一种关系，认同必然包括认同者和被认同者，必然是双向的和互动的。作为一个过程，认同是人为了使自我的身份趋向中心，按照自己的标准进行的自我身份寻找和确认。[③] 关于使自我身份趋向中心、对自我身份的寻找和确认，台湾学者吴乃德认为，"认同是一种较长期的感情附着或归属。认同指的是，第一，它将自己定义为某一特定群体（或国家）的一分子；……第二，个人认同的群体和其他群体清楚地有所分别的。"学者崔新建也持同样的观点：

> 认同是以自我为中心的。这种自我中心表现在：第一，认同双方都是按照自己的标准来确定"同"或"异"的。……第二，认同是对自我身份的寻找和确认。认同的过程，就是人们通过他人或社会确认自我身份的过程，也就是在自我之外寻找自我、反观自我的过程。在英文中，"认同"概念的

---

① 王希恩：《民族认同与民族意识》，《民族研究》1995年第6期。
② 王建民：《民族认同浅议》，《中央民族学院学报》1991年第2期。
③ 崔新建：《文化认同及其根源》，《北京师范大学学报》（社会科学版）2004年第4期。

本义，就是"身份"。换句话说，认同不过是认同者从别人或社会那里折射出来的自我而已。第三，认同的目的是为了使自我的身份趋向中心。如果说，认同产生危机是自我的被边缘化，那么认同则是自我向中心的自觉趋近。[①]

认同包括种族认同、民族认同、社会（群体）认同、自我认同、文化认同等多种类型，文化认同是其核心：在民族认同、社会认同和自我认同中都包含着文化认同的内容，即使是种族认同，也包含着文化认同的因素；认同所蕴含的身份或角色合法性，都离不开文化。

文化认同，就是指对人们之间或个人同群体之间的共同文化的确认。使用相同的文化符号、遵循共同的文化理念、秉承共有的思维模式和行为规范是文化认同的依据，价值和价值观认同是文化认同的核心。为确认自我的身份以及身份的正当性，人一方面要通过自我的扩大，把"我"变成"我们"，确认"我们"的共同身份；另一方面又要通过自我的设限，把"我们"同"他们"区别开来，划清二者之间的界限，即"排他"。只有"我"，没有"我们"，就不存在认同问题；只有"我们"，没有"他们"，认同也失去了应有的意义。[②]

文化认同与文化冲突是相辅相成、不可分割的两个方面。文化冲突是不同文化之间的碰撞、对抗和交锋。文化的多样性和变

---

① 崔新建：《文化认同及其根源》，《北京师范大学学报》（社会科学版）2004年第4期。
② 同上。

动性,决定了文化冲突是不可避免的。文化冲突的核心是不同价值取向和价值观的冲突。文化冲突产生的原因在于人们对不同文化的认同,即人们对自我身份、角色的不同认知,也就是人们在身份上的冲突,而文化认同往往是文化冲突后的结果。同样,文化冲突固然会引起文化认同的危机,而文化冲突的最终结果又总是强化了人们的文化认同:"我们"与"他们"的界限更明确了,"我"与"我们"的范围更重合了。[①]

(二)犹太女性对欧洲的单向认同

在奥兹的小说中,犹太人尤其是犹太女性群体中出现了严重的认同问题——与趋向中心获得认同相反,在欧洲和巴勒斯坦都被边缘化的犹太女性产生了强烈的认同危机。如《我的米海尔》中汉娜的内心独白反复强调:"我不知道有谁会把耶路撒冷当成家园……我写下'我生在耶路撒冷'。我不能写'耶路撒冷是我的城市'。我不知道在俄罗斯庭院深处,在施耐勒军营的墙后,在埃因凯里姆修道院的隐蔽所在,在恶意山上的高级专员官邸,有何种凶险在恭候着我。这是一座令人窒息的城市。"[②] "遥远的我再也不爱耶路撒冷了。她希望我坏。我盼她不好。"[③]

一方面,相当长的历史时期内,针对欧洲,流散于此的犹太人不断进行自我扩大的尝试,努力将"我"变为"我们"。从犹

---

① 崔新建:《文化认同及其根源》,《北京师范大学学报》(社会科学版)2004年第4期。
② [以]阿摩司·奥兹:《我的米海尔》,钟志清译,译林出版社1998年版,第91页。
③ 同上书,第229页。

太人的启蒙运动"哈斯卡拉运动"① 开始，犹太人整体在文化和心理上开始了西方化进程，20世纪的犹太民族已经是一个被西方化了的民族。奥兹笔下包括女性在内的欧洲犹太人与欧洲人使用相同的文化符号，保持着欧洲的语言习惯，遵循欧洲人的文化理念，秉承欧洲人的行为规范。

> 妈妈用意第绪语和爸爸争论。多数情况下他们用俄语和意第绪语两种语言交谈，但是吵架时只用意第绪语。对我们这几个女儿，对爸爸的生意伙伴，对房客、女仆、厨子和马车夫，他们只讲俄语。他们和波兰官员讲波兰语。②

> 这就是他们，这些满怀热情的亲欧派人士，能讲如此多的欧洲语言，吟诵欧洲诗歌，坚信欧洲道德水准至高无上，欣赏欧洲的芭蕾和歌剧，培育着欧洲传统，梦想着它实现后民族主义后统一，仰慕它的行为举止、衣着和时尚，自犹太启蒙以来无条件无拘无束地热爱它热爱了几十年，尽人之最大努力取悦它，以各种方式为它做出各种贡献，成为它的一个组成部分，用狂热的取悦打破它的冷漠与敌视，与之交友，使自己得到它的欢心，为它所接受，为它所拥有，为它所爱……③

---

① 哈斯卡拉运动高举欧洲启蒙思想家所倡导的"思想自由"的旗帜，坚持信仰自由和宽容，捍卫人们的思想自由权利。哈斯卡拉运动的开展标志着犹太文化现代主义精神的形成及现代思想的确立，经历了哈斯卡拉洗礼的犹太人社会实际上已经步入了现代社会。参见徐新《犹太文化史》，北京大学出版社 2006 年版，第 278—285 页。

② ［以］阿摩司·奥兹：《爱与黑暗的故事》，钟志清译，译林出版社 2007 年版，第 175 页。

③ 同上书，第 108 页。

他们接受了欧洲的理性主义文化价值体系,对其坚信不疑,将自己视为恪守理性与文明的西方社会的一员。如阿摩司·奥兹笔下的大卫"在还没有欧洲人时,他就是一个坚定的欧洲人","他和他的家庭是虔诚的欧洲人。他们热爱众多的语言,艺术,文化,音乐,建筑,所有欧洲的遗产,而不仅仅是波兰、德国和俄罗斯的遗产"。① 大卫对愈演愈烈的反犹主义嗤之以鼻、视而不见,视其为野蛮社会的残留,在文明的欧洲毫无市场:

> 但是大卫伯伯却想得不一样。他对诸如此类的痛恨观点鄙夷不屑,对庄严的高大教堂拱顶下回荡着的反犹声浪,或残酷危险的新教徒反犹主义,德国种族主义,奥地利的蓄意谋杀,波兰对犹太人的痛恨,立陶宛、匈牙利或法国的残酷,乌克兰、罗马尼亚、俄国和克罗地亚热衷于集体屠杀,比利时、荷兰、英国、爱尔兰和斯堪的纳维亚不信任犹太人,一概不予计较。凡此种种,在他看来乃野蛮愚昧时代的朦胧遗风,昨日残余,气数将尽。②

大卫伯伯把自己当作时代的产物,一位卓尔不群、自如运用多种文化多种语言、富于启迪的欧洲人,一位明白无误的现代人。他蔑视偏见和民族仇恨,他决意永不向缺乏文化素养的民族主义者、沙文主义者、蛊惑民心的政客和愚昧无

---

① [美]吉塞拉·达克斯:《在我眼中,以色列是一个正在成熟中的少女》,陆志宙译,《译林》2007年第5期。
② [以]阿摩司·奥兹:《爱与黑暗的故事》,钟志清译,译林出版社2007年版,第109—110页。

知的为偏见所左右的反犹主义者屈服,这些人用粗嘎之音保证"让犹太人去死",从墙上向他狂吠:"犹太佬,滚回巴勒斯坦去!"①

另一方面,这些犹太人还进行自我设限。奥兹本人称《爱与黑暗的故事》"抒写的是移民的悲喜剧,不仅仅是犹太移民。人们总是满怀希望来到被赞誉的国度,但不久他们就会怀念故土。他们发现新的家乡并不是天堂,于是就把他们所载负的一切卸在下一代的肩上。家庭就像美国航空基地卡纳维尔角,而孩子就像那火箭,背负着家庭的雄心壮志,带着它飞向天空。如果当初我的父母留在欧洲,我知道他们的命运将会如何:他们现在才会去世。但是否他们的婚姻会更好一些,我不能肯定"。②奥兹小说中的很多犹太人否定并鄙视包括他们的出身之地亚洲在内的一切的"非欧洲",他们甚至将故乡巴勒斯坦定位为蛮荒之地,以此来划清与"非欧洲"间的界限。如大卫"作为比较文学教授,欧洲文学对他来说是一个精神家园。他未曾意识到,为什么应该离开自己的居住国,移居到西亚,一个奇异生疏之地,以便让愚昧的反犹主义和心胸狭隘的民族主义暴徒心花怒放。因此他坚守岗位,挥动进步、文化、艺术和未开拓领域的精神旗帜,直至纳粹来到维尔纳"。③奥兹小说中的部分女性就对栖身之地巴勒斯坦表示出

---

① [以]阿摩司·奥兹:《爱与黑暗的故事》,钟志清译,译林出版社2007年版,第110页。
② [美]吉塞拉·达克斯:《在我眼中,以色列是一个正在成熟中的少女》,陆志宙译,《译林》2007年第5期。
③ [以]阿摩司·奥兹:《爱与黑暗的故事》,钟志清译,译林出版社2007年版,第110页。

仇视或者鄙夷。鲁思不到一年就厌烦了这个国家和它的语言,她甚至诅咒耶路撒冷:"这里将洪水泛滥,或爆发战争"①;《我的米海尔》中的杰妮娅以欧洲人自居,认为当地医院堪比最糟糕的亚洲医院;《何去何从》中,伊娃认为以色列是"令人无法忍受的国家",称在巴勒斯坦暴雨之夜"希望去死"。② 尽管移民前后的物质条件差别并不大,《爱与黑暗的故事》中的施罗密特认为亚洲的卫生和亚洲人的品位令人作呕;在范妮娅的眼中,以色列第一都市特拉维夫只是欧洲城市的拙劣模仿。自身设限使这些女性在巴勒斯坦犹太社会趋于边缘化。

> 这里的公共卫生一点不像欧洲,至于卫生健康,这里有一半的人甚至听都没有听说过,空气中弥漫着各种各样的亚洲昆虫,令人作呕的有翅飞虫直接从阿拉伯村庄或者甚至从非洲径直来到这里,谁知道它们一直带有什么怪异的疾病、炎菌和分泌物,这里的黎凡特充满着病菌。③

在她看来,儿子的外套俗不可耐,简直像东方人穿衣服那样没有品位:

> "但是真的,罗尼亚,真便宜!你在什么地方找到的那衣服?在雅法的一家阿拉伯商店?"她看也没看我妈妈一眼,伤心地加了一句,"只有在最小的犹太小村子,没什么正经

---

① [以] 阿摩司·奥兹:《鬼使山庄》,陈腾华译,南海出版公司2006年版,第20页。
② [以] 阿摩司·奥兹:《何去何从》,姚永彩译,译林出版社1998年版,第62—63页。
③ [以] 阿摩司·奥兹:《爱与黑暗的故事》,钟志清译,译林出版社2007年版,第81—82页。

第五章 受创的单恋者

文化,你可以看见有人那么穿戴!"①

我母亲没有漫无目的地瞎逛,她走到迪赞高夫大街和JNF林荫大道的拐角,从那里走过迪赞高夫和戈登大街与弗里西曼大街的交界处,漂亮的黑手包在雨衣肩部晃荡,她观看漂亮的商店橱窗和咖啡馆,并且浏览了一下特拉维夫人眼中的波希米亚生活,然而这一切在她看来俗丽而廉价,都不是原汁原味的,犹如模仿之模仿,令之觉得乏味沮丧。一切似乎值得并需要怜悯,但是她的怜悯已经用尽。②

但认同关系的另一端欧洲,并未针对犹太人将"我"扩大为"我们",其自我设限的内容中包括对犹太人的排斥和否定。欧洲有着种种歧视犹太人的思想和行为,有着千百年的排犹历史,甚至有灭绝人寰的种族大屠杀。在种族主义者的眼里,这些犹太人有着各种劣根性。欧洲反犹主义者并未因犹太人努力趋同欧洲、认同欧洲而放弃其立场。已经成为欧洲精英知识分子的大卫也未能幸免于难,他和妻子甚至年幼的儿子都惨死于大屠杀。

梦魇般的幻觉:令人憎恶、两腿向外弯曲的犹太杂种引诱成百上千的姑娘……黑头发的犹太青年脸上挂着撒旦似的笑,埋伏在那里,等待没有提防的姑娘,用他的血来玷污她……犹太人的最终目的是要消除国籍……通过使其

---

① [以] 阿摩司·奥兹:《爱与黑暗的故事》,钟志清译,译林出版社2007年版,第401—402页。
② 同上书,第541页。

他民族退化不纯，降低最高人种水平……怀揣毁灭白种人的秘密目的……倘若将五千名犹太人运往瑞典，他们会在极短时间里占据所有的重要位置……毒化所有人种、国际化的犹太人。①

热爱文化的犹太人、知识分子和世界主义者不符合他们的口味，于是乎他们就杀害了大卫、玛尔卡和我那昵称为丹努什或丹努什可的丹尼爱拉小堂兄。在日期为1940年12月15日的倒数第二封来信中，丹努什的父母写道："他最近已经开始走路了……他记忆力惊人。"②

那个大世界是如此遥远、醉人、美轮美奂，但对于我们来说非常危险，充满了威胁。它不喜欢犹太人，因为犹太人虽然聪明、机智、成功，但喧闹、粗鲁。它也不喜欢我们在以色列土地上所做的一切，因为它就连给我们这样一个由沼泽、卵石和沙漠组成的狭长地带都很勉强。在那个大世界里，所有的墙壁爬满涂鸦："犹太佬，滚回你的巴勒斯坦去！"于是我们回到了巴勒斯坦，而现在整个大世界又朝我们叫嚷："犹太佬，滚出巴勒斯坦！"③

包括女性在内的犹太人极力使自己趋同于欧洲这一中心，但种种努力之后却被欧洲排斥在外，犹太人与欧洲之间出现了单向

---

① 费斯特：《希特勒》（伦敦，企鹅丛书，2000）中"希特勒的自白"；又见饶施宁格《希特勒说话了：与阿道夫·希特勒系列对话》（伦敦，1939）。转引自［以］阿摩司·奥兹《爱与黑暗的故事》，钟志清译，译林出版社2007年版，第109页。
② ［以］阿摩司·奥兹：《爱与黑暗的故事》，钟志清译，译林出版社2007年版，第110页。
③ 同上书，第5页。

认同关系。在这一单向认同关系中，犹太人尽管遭受了种种迫害，仍对欧洲痴心不改、眷恋依旧。在他们的心目中，欧洲才是人类文明的代表，才具有文明社会的美丽景观；甚至只有欧洲式的文明才是真正的文明。

  欧洲对他们来说是一片禁止入内的应许之地，是人们所向往的地方，有钟楼，有用古石板铺设的广场，有电车轨道，有桥梁、教堂尖顶、遥远的村庄、矿泉疗养地、一片片的森林、皑皑白雪和牧场。①

  我父母所景仰的耶路撒冷离我们的居住区十分遥远，是在绿荫葱茏的热哈维亚，那里花团锦簇，琴声悠扬；是在雅法或者本-耶胡达街上的三四家咖啡馆，那里悬挂着镀金枝形吊灯；是在牙买加或大卫王酒店里的大厅。在那里，追求文化的犹太人和阿拉伯人与富有教养的英国人举止得体；在那里，富有梦幻、脖颈颀长的女子身穿晚礼服，在藏青西装笔挺的绅士怀中翩翩起舞；在那里，宽宏大度的英国人和犹太文化人或受过教育的阿拉伯人共进晚餐；在那里，举行独奏会、舞会、文学晚会、茶话会，以及赏心悦目的艺术座谈会。②

  爸爸在使用某些词语时，并没有意识到它们会令妈妈伤心。比如，喀尔巴阡山脉。或钟楼。还有歌剧、马车、芭蕾

---

① ［以］阿摩司·奥兹：《爱与黑暗的故事》，钟志清译，译林出版社2016年版，第2页。

② 同上书，第3页。

舞、飞檐、时钟广场。（飞檐是什么意思？还有山墙？风标？走廊？马夫是什么样子？还有大臣？宪兵？敲钟人？）①

　　根据我们的固定协议，我爸爸或妈妈会在十点一刻准时来到我的房间，确保我关掉了床头灯。我妈妈有时会待上五到十分钟；她会坐在我的床边缅怀往事。一次，她告诉我，当她还是个八岁的小姑娘时，在夏日的早晨坐在乌克兰的河畔，旁边是座面粉加工厂。水面上的鸭子星星点点。她描述河湾，小河从那里消失在森林之中。河水所带走的东西——树皮或落叶，总是从那里消失。她在磨坊院子里找到一个漆成淡蓝色的破旧的百叶窗，将其扔进了河里。在她的印象中，这条小河，始于森林，又消失在森林，在森林深处有更多的弯道，形成一个圆周。于是，她在那里坐上两三个小时，等候她的百叶窗完成圆周旅行，重新出现。但重新出现的只有鸭子。②

　　奥兹在作品《忽至森林深处》中生动描述了这种单向认同关系中，弱势一方的单恋与痴心。作品中被孤立、被嘲笑者很想回归到村民群体中，为此不惜代价、百折不挠。其中，一群群孩子无论去哪儿，尼希总是执着地跟在后面，"不顾伤害与嘲笑，不顾一切地要被接受，要归属，因此他准备什么都做，准备做他们的奴仆，听从他们的召唤，准备装傻逗他们笑，自愿做王

---

① ［以］阿摩司·奥兹：《地下室里的黑豹》，钟志清译，译林出版社2012年版，第73页。

② 同上书，第73—74页。

宫里的弄臣小丑。他们想怎么取笑他就怎么取笑他，甚至有点伤害他。他也不在乎，他无偿地把整个遭到拒绝的心灵向他们拱手相送。"① 奥兹以此隐喻欧洲犹太人渴望得到归属感、渴望得到认同、主动趋向中心的行为和心理倾向，以及求之而不得的心理焦虑。

犹太女性因接受了更多的世俗教育，对欧洲文化的认可度更高（详见第四章），如门德尔松的长女多萝西娅[原名布伦德尔(Brendel)]和在德意志地区创办了第一个真正意义上的沙龙的亨丽埃特，就已经因浪漫主义宗教观的影响而选择改宗。但是主动走向文化同化、主动皈依欧洲文化的犹太女性，在付出放弃自身传统的高昂代价后，仍然不能被欧洲人真正接纳。雅各·卡茨就曾指出，虽然具备德国中产阶级的部分特征，犹太人整体最多只作为亚群体存在于德国社会。②

在奥兹的小说中，对欧洲的单向认同与向往使很多犹太女性最终以各种消极方式奔赴她们的"应许之地"：伊娃抛夫弃子与堂兄弟私奔到了慕尼黑；鲁思委身于好色猥琐的英国将军以逃离巴勒斯坦；汉娜身居丈夫的客厅却思考"我为什么被流放至此"③并最终自杀；米娜离开丈夫伊曼纽尔选择与欧洲有着更高相似度的美国作为自己的故乡；范妮娅患抑郁症并以自杀逃避现实

---

① [以]阿摩司·奥兹：《忽至森林深处》，钟志清译，译林出版社 2012 年版，第 76 页。

② Jacob Katz, "German Culture and the Jews", in *the Jewish Response to German Culture from the Enlightenment to the Second World War*, eds. Jehuda Reinharz and Walter Schatzberg, *Arbitrium*, Vol. 5, No. 3, 1987, pp. 85–99.

③ [以]阿摩司·奥兹：《我的米海尔》，钟志清译，译林出版社 1998 年版，第 141 页。

生活。

奥兹的小说中女性对欧洲的单恋与单向认同是强势的欧洲文化与弱势的犹太文化两种力量长期博弈的结果，反映了犹太人在"犹太"与"欧洲"身份选择上的迷茫与强烈的身份困惑。可以通过援引弗朗兹·法侬的理论逻辑来对该类现象进行更深入的分析。弗朗兹·法侬的《黑皮肤，白面具》从精神分析学的角度，审视省察被殖民者身心的极度扭曲：奴隶对主人充满了嫉恨又充满了羡慕，他想要变得和主人一样，因而时时、事事在模仿主人，这种对于主人的嫉羡交加心理，使得奴隶注定成为衍生物而存在。这对奴隶来说，并不是真正意义上的解放，而恰恰是创造性的消失。无独有偶，奥兹笔下，长期身处强势的西方文化中的犹太人对欧洲有着嫉羡交加的复杂心理，"越西方的东西越被视为有文化。虽然托尔斯泰和陀思妥耶夫斯基非常贴近他们的俄国人心灵，但我认为，德国人——尽管有了希特勒——在他们看来比俄国人和波兰人更文化；法国人——比德国人文化。英国人在他们眼中占据了比法国人更高的位置。"[①] 文化上的弱势地位使犹太人渴望真正融入欧洲社会，甚至将自己视为西方人，而将出身之地亚洲视为蛮夷之地。被欧洲文化同化、将自己视为西方人的同时，很多犹太人在主观上放弃了自己的民族身份，主观上选择了自己对于欧洲文化的附属关系。以弗朗兹·法侬的逻辑来推论，犹太女性被同化、单向认同欧洲文化、单恋欧洲的过程，是其作为犹太人创造性地消失、演变为欧洲文化衍生

[①] [以]阿摩司·奥兹：《爱与黑暗的故事》，钟志清译，译林出版社2007年版，第2页。

物的过程。

四 自然性同化与文化认同过程中的身份特征再造

《忽至森林深处》中,被村民排斥的尼希在森林里游荡时学会了动物的语言,发现动物尊重彼此间存在的差异:动物的语言有人类语言的很多含义,但是"没有任何生物的语言具有羞辱人、嘲笑人的含义"①。所以,被动物世界的包容性所吸引的尼希不仅加入了动物世界,而且带领饱受人类虐待的动物们在山林里找到安身之所。在这个山林小世界里,动物间的食物链被彻底斩断,因为尼希发现并培育、推广了一种牛肉味浆果,解决了动物间的弱肉强食问题。尼希在成为动物世界的一员的同时,俨然已成了动物世界的积极介入者和组织管理者,尼希因此具有了人类世界成员与动物世界成员的双重身份。这种双重身份使尼希顽强地生存下来,使自己有了迥异于普通人的独特地位和对以村庄为代表的人类世界的巨大影响力。

尼希为适应环境并生存下去,对自己的身份特征进行了再造,再造的结果是他获得了动物世界成员的第二身份,而人类社会成员的第一身份使他运用高度发达的智慧成为动物世界的管理者。尼希对自身身份特征的固守与再造和犹太人在大流散过程中对犹太文化、自身犹太性的固守与再造存在着高度的相似性。在犹太文化的变迁中,犹太传统中落后、愚昧、适应性差的因子在严酷的生存环境中被淘汰,保留下来的是犹太文化的内核和精

---

① [以]阿摩司·奥兹:《忽至森林深处》,钟志清译,译林出版社2012年版,第81页。

髓，这些内核与精髓有着普遍性的价值，因而在不同时代、不同环境中具有顽强的生命力。在客居地强势文化的包围中，犹太人被不同程度地同化，但在漫长的文化变迁史中，犹太人对传统文化的固守与对异质文化的吸收几乎同步进行。固守与吸收的过程便是犹太人对犹太传统和犹太精神的重铸过程，在这个过程中，犹太人的文化身份不断被唤醒，犹太身份特征不断被再造，犹太文化在保持其基本内涵的前提下表现出多重性特征以更加适应特定的时代、环境需要。

犹太文化变迁的实践者——犹太人无论是其语言习惯、生活方式还是其内在思想或情感内涵，都在相当程度上具有了某些新的特质，他们是犹太人的同时，也由于获得了客居地社会的某种特征而成为客居地社会构成的一部分。那些获得了客居地文化的某种特征、实现了身份再造的犹太人具备了多重的文化身份：他们一方面是犹太人，另一方面又是英国人、德国人、俄国人等。经济巨人希夫曾声称："我可以一分为三：我是个美国人，我是个德国人，我是个犹太人。"[①]

在大流散过程中，对自身身份特征的不断再造和对自身多重性身份特征的认可使身居异质文化中的犹太人在"犹太"与"非犹太"间获得了某种平衡，这种平衡对于犹太人寻找文化归属、界定自身文化属性、化解身份困惑、丰富发展犹太民族文化内涵意义重大。大流散过程使犹太人的足迹遍布五大洲，犹太人的身份内涵不断丰富，犹太民族从一个地区性的民族发展成为一个世

---

① ［英］查姆·伯曼特：《犹太人》，冯玮译，上海三联书店1991年版，第240页。

界性的民族，在这个过程中，犹太文化这一地区性的单一民族文化渐渐具备了世界文化的典型特征。①

值得人深思的是，尼希身上还有着犹太拓荒者的典型特征：从事体力劳动、开荒垦地，创建新的生存环境。只有在从事这些活动之后，尼希才让自己的生活进入有序状态。除了尼希之外，奥兹在多部作品中描写了拓荒者形象。通过对尼希的拓荒者形象的描写，奥兹曲折地表达了这样一种见解：在当代，具有多重文化身份的犹太人必须根植于以色列本土文化，只有在以色列生机勃勃的新生文化中他们才能真正找到归属感，才有望使自己的身份困惑逐渐消失。

五 《忽至森林深处》：管窥被拒、被虐的历史

种种迫害成为犹太人不可言说之痛，奥兹在小说《忽至森林深处》中尝试以隐喻的方式来言说犹太人的痛苦及痛苦的积极意义。《忽至森林深处》中，一个偏远的小山村的村民们对包括动物和人在内的异己者进行嘲弄和羞辱，为远离伤害与轻慢，受迫害的尼希与所有动物离开村子到森林隐居。村庄变得像世界的尽头一样昏暗、阴郁、寂静，笼罩在山鬼尼希利用黑夜诱捕一切活物的可怕传闻中，森林变成了令人生畏的禁地。对于这一切，孩子们会好奇地询问，大人们则讳莫如深。两个勇敢的孩子玛雅和马提探索黑暗森林后拨开了迷雾，村庄和尼希、动物的重逢成为可能。

---

① 关于犹太人文化身份的再造，参见徐新《犹太文化史》，北京大学出版社2006年版；刘洪一《犹太文化要义》，商务印书馆2004年版。

（一）反犹主义本质及其心理机制

《忽至森林深处》中尼希与动物们无辜被迫害的遭遇与犹太民族的历史遭遇极其相似。在作品中，奥兹精心地描述了村民嘲弄、羞辱少部分人并伤害动物的复杂原因，以此探索反犹主义的本质与内在驱动力。

1. 反犹主义的本质

针对异己，村民"捏造出狂叫症来，就是为了让谁都别接近那个人。让人孤立"①。以尼希为代表的受迫害者无一例外地"被患上"狂叫症，尼希甚至被妖魔化为诱捕包括人在内的一切活物的可怕的"山鬼"。奥兹笔下这些与众不同的"狂叫症"患者的"患病"过程，与大流散过程中犹太人屡屡被妖魔化的遭遇极其相似：古罗马反犹的学者们以著书立说的方式诋毁犹太人，如学者阿皮恩就曾在其著作中将犹太人描述为道德败坏的下等人，被埃及人赶出来的麻风病患者；《约翰福音》第8章第44节指出犹太人是恶魔的化身，"你们（犹太人）是出于你们的父魔鬼，你们父的私欲，你们偏要行"；中世纪的流行的"血祭诽谤"中包含犹太人杀死信仰基督教的男童做逾越节的无酵饼、犹太人玷污并捣烂象征基督身体的圣饼，直至圣饼流血以再次折磨和杀死基督等内容；1331年和1348年欧洲流行犹太人在井水中投毒使麻风病与黑死病蔓延的说法。

在对犹太人屡屡被妖魔化这一史实进行隐喻后，奥兹还通过作品挖掘这一史实背后的丰富内容。绝大部分村民对动物及动物

---

① [以] 阿摩司·奥兹：《忽至森林深处》，钟志清译，译林出版社2012年版，第82页。

消失的相关信息选择沉默、否认或装作遗忘，但村子里的少数人执着地与动物们保持联系：伊曼努埃拉给学生描述动物，所以被学生嘲笑并在村子里找不到想要娶她的人；尼米讲述自己梦见了动物；莉莉亚用碎面包喂不存在的鱼和小鸟；玛雅与马提秘密寻找动物并为此探索黑暗森林；渔夫阿尔蒙坚信动物会回来并给孩子们雕刻小动物；吉诺姆曾鼓起勇气寻找羊群；尼米怜悯动物。村民们对这些少数人的不合群、不从众行为表示愤怒，村民们的逻辑是"任何拒绝与我们一样的人，一定患了狂叫症，鸣叫症，或是其他病症，他们不应该接近我们，他应该保持距离，那就请不要来影响我们"。[1] 而且村民们对他们拒绝得很彻底，不给予他们任何回归群体的机会，"你只有那么一两次有点在群体中边缘化，他们就不会让你再回去。因为你已经得了狂叫症。"[2] 虐待身边异于人类的生物——各种动物，对少数与众不同的人进行嘲讽，村民们实质上要求每个个体在任何问题上都要绝对一致。村民们对不一致的个体进行惩罚，进行种种精神上的排斥与迫害，甚至将其妖魔化，使其成为永远的不可接触者。所以以尼希为代表的少数人被迫害、被妖魔化的过程，是村民们对异己进行排斥和强制性同化的过程，实现同一性是其内在要求。

同样，在两千年的大流散过程中，犹太民族身处异质文化中，因民族的、宗教的、文化传统方面的差异而被西方世界视为异己；大部分犹太人因执着地坚守自己的犹太教信仰，坚信"选

---

[1] ［以］阿摩司·奥兹：《忽至森林深处》，钟志清译，译林出版社 2012 年版，第 27—28 页。
[2] 同上书，第 94 页。

民观",坚持自己的民族习俗与传统,坚持自己的民族性而成为其所在世界的"他者"。这种"他者"身份使犹太人屡遭迫害。犹太人长期被迫害、被屡屡妖魔化的历史是欧洲人排斥并强制性同化犹太种族、犹太民族、犹太文化的历史。早在希腊化时期,统治者就将犹太人坚持本民族宗教信仰和文化传统的做法视为拒绝接受统治的一种表现,因而采取种种强制性手段,试图以希腊宗教来取代犹太教,以希腊文化同化犹太民族。如安条克四世认为,犹太民族保持自身传统与生活方式就是拒绝与其他民族交往,就是敌人,就应该遭到迫害和攻打。公元前168年,他公开发布政令宣布犹太教的非法性,下令废止一切犹太节期、禁止行割礼、禁守安息日、焚烧圣书、修建希腊神坛。他采取的各种严厉措施激起犹太人的激烈反抗,著名的马加比起义就是当时犹太人反抗活动的代表。基督教时代初期,西哥特王西斯普下令强制西班牙所有犹太人接受洗礼。墨洛温王朝下令犹太人做出选择:接受洗礼或流放。中世纪基督教法国、英国、西班牙、葡萄牙、华沙、克拉科夫、大公国立陶宛都对犹太人进行过大规模驱逐。19世纪末20世纪初东欧掀起大规模排犹运动。第二次世界大战爆发后,"最后解决"成了纳粹试图完全清除欧洲犹太人的正式政策。

总之,就其文化本质而言,种种迫害很大程度上可以被视作以不同方式对犹太人进行的强制性"文化消解":西方历史上针对犹太人的宗教歧视和宗教迫害,尤其是强迫犹太人改宗的动机,是消解犹太人的宗教信仰;针对犹太人的种族歧视,是要消解犹太人的种族与民族特性,是要迫使犹太人淡化以至最终放弃自己的民族特性；第二次世界大战时期德国纳粹推行的种族灭绝政策，则是要从种族存在、生命存在上彻底消解犹太人，从而使犹太人的信仰、传统、文化特性等一切异己的文化因子无所附丽而彻底消失。

2. 反犹主义的心理机制

《忽至森林深处》中村民们对异己的排斥根深蒂固，他们在受迫害者尤其是尼希面前，既有很强的心理优势又心存畏惧。该矛盾心理暗合了反犹主义产生的温床——反犹主义者的种种病态心理。

首先是扭曲的优越感与嫉妒心理。村民们有着不健康的幸福观，"他们培养我们不要为我们所拥有的而快乐，而只为我们拥有但旁人却没有的感到快乐。"[1] 村民们的幸福感来源于优越感，为维护优越感，村民们打击在某方面比自己落后的人以继续保持优势；而优越感一旦被破坏，嫉妒心理便产生。"嫉妒伤人，膨胀，分泌出愚蠢可笑的东西，几乎就像不洁净的溃疡化脓。"[2] 如情侣就招致嫉妒，村子中连孩子们都嘲笑情侣。村民们用嘲笑发泄嫉妒并打击对手，以维护被破坏的优越感。扭曲的优越感与嫉妒心理使村民们总是倾向于用各种形式的冷暴力打击无论在哪些方面都比自己落后或优越的少数人。

奥兹以此隐喻反犹主义者的心理。反犹主义者通过他们对犹太人的歧视与迫害行为来维持其扭曲的优越感。在欧洲，反犹主

---

[1] ［以］阿摩司·奥兹：《忽至森林深处》，钟志清译，译林出版社2012年版，第83页。
[2] 同上书，第27页。

义是根深蒂固的,是欧洲种族主义的重要组成部分。中世纪,反犹主义者通过强迫所有犹太人佩戴象征耻辱的黄色标记来享受自身的优越感。20世纪的德国纳粹则直接将犹太人划分为劣等民族。"他们把犹太人看成是旨在统治世界的种族,因此是雅利安人统治世界的障碍。他们把整个人类历史看成是一部种族斗争史,而这场斗争的高潮应该是优等的雅利安种族的胜利。因此,他们认为清除犹太人是他们的责任,因为在他们看来犹太人是一种威胁。"[①] 针对犹太人的种种迫害甚至大屠杀是反犹主义者维护其扭曲的优越感的极端手段。

反犹主义者的嫉妒心理主要针对犹太人的"选民观"与世俗事业上的突出成就。"因为你归耶和华你神为圣洁的民,耶和华你神从地上的万民中拣选你,特作自己的子民"(申命记,7:6),所以犹太人认为自己是上帝的特选子民。犹太人的"选民观"使他们在面对挫折时呈现出一种优势心理,这种优势心理使犹太人在基督教世界里遭到排斥。因其生存环境的天然压力,生活在基督教世界的犹太人以更多的努力来面对生存问题,散居中的犹太人在社会生活的各个领域尤其是经济领域常常取得惊人的成就。这些成就使得犹太人与西方人在世俗事务上发生冲突,这种冲突是排犹发生的重要现实依据。如19世纪中叶以前,欧洲犹太人与非犹太人冲突最激烈的地方是德国。资本主义和工业化的出现与发展打破了原有的社会结构,部分犹太人因在经济领域里的成就跻身于中产阶级甚至社会上层。一些无法改变现状的中下层民

---

① 西蒙·维森塔尔纳粹屠犹纪念中心:《纳粹屠犹36条答问》,见陈恒、耿向新《新史学》第八辑,大象出版社2007年版,第63页。

众、失势的贵族地主阶层将不幸归咎于犹太人。在这种社会心理的影响下，1819年德国出现了针对犹太人的农民暴动。

其次是因循传统心理。作品中受迫害的尼希叙述，"我们一生下来，他们就教我们笃信各种有毒的思想，这些思想开头总会说些'毕竟，大家……'这样的话"①。尼希的叙述隐喻传统尤其是宗教文化传统对人类个体与群体的强大支配力量、人们的盲目从众心理，以及基督教世界人们对反犹传统的盲目因循。对盲目的反犹主义心理，萨特进行了深入分析：

> 这种人惧怕任何种类的孤独，不论是天才的孤独或谋杀者的孤独，他一概惧怕：他是属于暴众的：不论他的身材是多么矮，他仍旧留心着把腰弯下来，以免自群众中显出，以免发觉自己面对自己。他之所以变为反犹太者，是因为一个人不可能单独地反犹太。"我恨犹太人"这句话是以合唱的形式说出的；由于说这句话，一个人将他自己与某个传统及某社会连结在一起：即是中庸者的传统与社会。②

犹太人杀害基督这一说法是基督教世界反犹的重要神学依据。据罗马史学家塔西佗的《编年史》记载，耶稣是在提比留（Tiberius）任皇帝时被巡抚本丢·彼拉多处死的。但《马太福音》的作者写彼拉多"见说也无济于事，反要生乱，就拿水在众人面

---

① ［以］阿摩司·奥兹：《忽至森林深处》，钟志清译，译林出版社2012年版，第83页。
② ［法］萨特：《反犹太者的画像》，见［美］W.考夫曼《存在主义》，陈鼓应等译，商务印书馆1987年版，第290页。

前洗手，说：'流这义人的血，罪不在我，你们承担吧！'"。（马：27：37）在这样的描写中，暴虐无道的罗马巡抚竟然同情耶稣，但因受到犹太祭司等众人的逼迫而将耶稣送上十字架，犹太人才是杀死耶稣的真正罪魁祸首。这种神话式描写反映了从犹太教中分裂出来的基督教与犹太教间的矛盾与神学上的冲突，但这一矛盾与冲突一旦以宗教神话的方式呈现出来就产生了巨大的社会文化影响——"耶稣效应"。

同时，在基督教文化传统中，由《新约》衍生出的宗教故事与艺术作品，如《犹大之吻》《最后的晚餐》《基督受难》《基督复活》在西方代代相传；与耶稣受难相关的节日（如圣诞节、复活节）以习俗的方式被固定下来。这样，犹太人杀死耶稣这一宗教元素已经被潜移默化为一种文化元素，渗透到基督教世界的每个角落，对单个受众形成不可估量的制约力，成为受众的"集体无意识"的一部分。所以犹太人在神学范畴内逐渐成为基督教世界中永恒的被仇视、被疏远者。臭名昭著的德雷福斯案件便是这种"集体无意识"的产物。虽然德雷福斯本人始终否认指控，法院也从来没有得到任何有效证据，但很多法国人都坚信德雷福斯有罪并群起而攻之，法院以叛国罪判处德雷福斯终身监禁。法院的审判遵循了一般人的逻辑，那便是德雷福斯拥有犹太人身份所以就是叛徒。

这种意识已经渗透到日常生活中。该意识的渗透使反犹成为一种习惯，一种与个人经验无关的习惯：

犹太人，他说，是根本坏的，是根本犹太的；他的长处，

第五章 受创的单恋者

设若有，也因为是他的长处而变为短处，他的手所完成的工作必然带有他的污迹：如果他造桥，这桥就是坏的，因为它从头到尾每一寸都是犹太的。犹太人和基督徒所做的同样的事情，无论如何绝不相同。犹太人使得他触摸过的每种事物都成为可恶的东西。德国人做的第一件事就是禁止犹太人到游泳池：对他们来讲，一个犹太人的身体投入水中就会把水根本弄脏。正确地说，犹太人由于他们的呼吸而污染了空气。①

这一个交织状态并非由经验激起。我曾询问过上百的人关于他们反犹太人的事。他们之中大部分人一般归罪于犹太人的错误。"我恨他们，因为他们自私，阴险，难打发，油滑，粗拙等等"——"然而至少你与某些犹太人接触过吧?"——"当然没有!"一个画家曾对我说："我敌视犹太人，因为由于用他们的批评习惯，他们使得我们的仆人变得不顺从。"还有更为确定的经历：有一个没有才分的演员确言犹太人常常用卑下的角色使他不能在戏院出头。②

刚才我说过反犹太主义是一种激情。每个人都知道它实际是一种恨与怒的问题。然而通常来说恨与怒的原因是如此：我恨那个人，因为他使我痛苦，或者，他曾轻视我或侮辱我。刚才我们看到反犹太激情不是那么回事：它先行于将它激起的事实，它去挖掘它们以便用来喂养自己，甚至它必须用自己的方式来解释它们，以便使它们似乎真是使人愤怒的。③

---

① [法]萨特：《反犹太者的画像》，见[美] W. 考夫曼《存在主义》，陈鼓应等译，商务印书馆1987年版，第292页。
② 同上书，第286页。
③ 同上书，第287页。

137

最后，寻找替罪羊的逃避责任心理。自人类远古时期就开始流传的"替罪羊"仪式频频出现于世界各地的艺术作品与文化活动中，如希腊神话和戏剧中的狩猎女神阿尔忒弥斯，以鹿代替阿伽门农献祭的女儿伊菲革涅亚，《圣经·旧约》中上帝以公羊代替亚伯拉罕献祭的以撒，犹太教至今还举行替罪羊仪式。"替罪羊"无辜但承担厄运，英国人类学家詹姆斯·弗雷泽（James Frazer）将其功能解释为祛除邪恶与不幸、带来丰收与好运；埃里克·纽曼（Erich Neumann）将其解释为实现集体净化的工具。①法国哲学家与人类学家勒内·吉拉尔（René Girard）的研究更为深入，他认为社会危机出现时，群体常选择具有"异常"特征的人作为主要目标，通过迫害这些人来化解危机、恢复秩序与和谐。村民们将动物消失的责任推卸到因受迫害而逃遁的尼希身上，将其妖魔化为"山鬼"，告诉孩子们是尼希诱捕了一切动物并诋毁尼希也会诱捕孩子。类似的情形还出现在奥兹的小说《直至死亡》中：

> 小说开篇，叙说11世纪法国的穷困乡村里怪事连绵，现象丛生：星辰陨落，河流泛滥，谷仓失火，农民们妄自尊大，暴力事件迭起，盖伊劳姆伯爵的年轻夫人染病在床，村中不满情绪高涨。在一系列凶兆、罪恶、疾病、死亡之后，一个犹太代理人便成了人们发泄怨愤的牺牲品，他想为自己申辩，但被活活烧死。

---

① Erich Neumann, "The Scapegoat Psychology", *The Scapegoat Ritual and Literature*, eds. John B Vickery and J'nan M. Sellery, Boston: Houghton Mifflin Company, 1972, p. 43.

第五章 受创的单恋者

  这是作品第一次正面描写处死犹太人的场景:"焚烧犹太人的场面或许能够用来驱除自开春以来困扰人们的某些焦虑与抑郁之情。"[①]

  基督教世界逃避责任并将矛盾转移到犹太人身上去的做法,与两部作品中农民与村民们转移矛盾、逃避与推卸责任的做法如出一辙。中世纪麻风病与黑死病在欧洲蔓延,犹太人因生活于隔离区,与外界联系有限,所以染病者较少。于是,"1331年又出现一种新的谣言,指控犹太人唆使甚至用金钱收买麻风病者把麻风病毒投入水井中,从而使麻风病蔓延开来。无数犹太人在这一指控下遭到拷打和杀害,财产被充公。1348年,黑死病在欧洲大陆流行,顿时有谣言指控这场导致欧洲1/4的人丧生的传染病系犹太人在水井投毒所致,这一诬告不仅导致无数犹太居住区被捣毁,而且造成数以千计的犹太人被杀害。"[②] 萨特深入分析了此类现象,认为反犹主义产生于人类对自身的惧怕。他将反犹者视作一个"惧怕者":

  他是一个惧怕者。当然不是惧怕犹太人,而是惧怕他自己,他的良心,他的自由,他的本能,他的责任,恐惧孤独,变迁,社会及世界;除了犹太人之外,他惧怕一切。他是一个不肯承认自己之懦弱的懦夫;他是谋杀者,压制和谴责他

[①] 钟志清:《阿摩司·奥兹〈直至死亡〉中的犹太意象》,见钟志清《"把手指放在伤口上":阅读希伯来文学与文化》,中央编译出版社2010年版,第206页。
[②] 徐新:《犹太文化史》,北京大学出版社2006年版,第353页。

谋杀的欲望,都不能控制它,而除了杀模拟像或躲藏在匿名的暴众之中以外,根本不敢去屠杀;他是一个不满分子,但又不敢叛逆,因为他惧怕叛逆的后果……他选择了不取任何东西,却要一切都给予他,如同是他生而具有的东西——然而他却并非高贵的……犹太人只不过是一个借口:到了其他地方就会变成黑人,黄种人;犹太人的存在只不过使反犹太者将焦虑的萌芽及早掐断:他使自己相信他的地位在这个世界上一直是被别人霸占了,世界在等待着他,而他由于传统之名有权去占领它。①

于是,在反犹主义者看来,所有问题都是犹太人引起的:麻风病与黑死病的流行、亚历山大二世遇刺、法国军事机密的泄露……犹太人群体必须承担起责任,为此付出代价。

排斥异己、优越感与嫉妒心理、因循传统心理与寻找"替罪羊"心理,是反犹主义现象产生的重要内在驱动力。这些心理普遍存在于人类世界,所以奥兹对反犹主义及其心理机制的思考已经指向人类劣根性与人性本身。奥兹站在全人类的立场审视了反犹主义这一人类文化史实,《直至死亡》《忽至森林深处》等作品因此具有了普遍意义与超越性。

(二) 犹太文化延续的催化剂

尼希等人与动物们厌倦了村民的羞辱之后,离开村子并彻底逃遁山林,创造了一个遗世独立的世外桃源。尼希与动物们与生

---

① [法]萨特:《反犹太者的画像》,见[美]W.考夫曼《存在主义》,陈鼓应等译,商务印书馆1987年版,第300—301页。

俱来的自然天性在这个小世界里获得了必需的生存空间。村民的迫害行为与受迫害者自然天性的存留之间产生了因果联系，奥兹以此隐喻，反犹主义在事实上促进了犹太文化的延续，在客观上成为犹太文化延续的刺激因素。

1. 格托与精神格托

作品中尼希十岁半时"不再和同龄人交朋友，也不和成年人交朋友，开始整天和猫啊、狗啊玩耍，直至弄懂了，甚至会说狗、猫、马的语言"。① 而尼米称，"像猫头鹰一样叫根本不是病，而是一个决定：他厌倦了人们的奚落、羞辱与嘲笑，决定独自去过自由的生活，没有父母、邻居、同学，没有人伤害他的感情，没有村里或世上的任何人告诉他该做什么，不该做什么。"② 尼希与尼米的行为属于自闭性的自我保护行为。

这种自我保护行为表现出的自闭性特征对应了犹太民族历史与现实中的自闭性，后者主要通过"格托"与"精神格托"两种现象表现出来。③ 犹太人在几千年的文化史程中营造了犹太文化独特的结构事实和存在方式，呈现了世界文化史上独特的"格托"与"精神格托"现象。"格托"是"Ghetto"一词的音译，又译作"隔都"，其基本内涵是"隔离区"。历史上在犹太人寄居地，有关当局以种种理由为犹太人制定了各种规范，并施以强制性的居住管理（犹太人走出中东刚抵达北非的摩洛哥、南欧的西班牙便遭遇了这类强制性的隔离）。"格托"的出现形象地表明了

---

① [以] 阿摩司·奥兹：《忽至森林深处》，钟志清译，译林出版社2012年版，第79页。
② 同上书，第49页。
③ 关于格托的论述，参见刘洪一《犹太文化要义》，商务印书馆2004年版。

犹太人在政治、社会以及生活方面被排斥在主流社会之外、与非犹太社会的交流遭到截堵的历史,同时,致使欧洲犹太人与文艺复兴运动、17世纪的科学革命等擦肩而过,犹太人仿佛生活在蒙昧的中世纪,思想和文化的发展受到了严重阻碍。在犹太人方面,散居的犹太人必须生活在一起才能适应并生存下去。更深层次上,悠久的传统与宗教文化尤其是其惨烈的历史遭遇,使犹太人在其文化心理深处有保持和延续其民族文化的强烈责任感,所以,"格托内有着健全的机构设置和法律规章,事实上构成了犹太文化主体下的一个个较为完整的文化存在单位"。[①] "格托作为犹太文化在异质文化居住地的重要载体,无疑也成了犹太人保持其文化传统的一种有效工具。可以说,犹太人的精神领袖要求犹太人修筑保护《托拉》(*Torah*,即《摩西五经》)、保护犹太精神的'栅栏'时,格托无疑起到了一种'文化栅栏'的作用。"[②] 格托深刻影响了犹太人的思想与行为方式,在面对宗教迫害时,犹太人用种种方式坚守自己的传统与信仰,如"马兰内现象"[③]。随着工业化时代的到来,传统的壁垒森严的格托逐渐由相对松散的格托和社团生活所代替,但散居各地的犹太人仍然具有一种深刻的精神和文化联系,自觉不自觉地与犹太传统和犹太同胞保持着一种天然的联系,从而构建了"精神格托"这一文化事实。

[①] 刘洪一:《犹太文化要义》,商务印书馆2004年版,第68页。
[②] 同上。
[③] 基督教重新统治西班牙后,于14世纪初掀起反对犹太人运动。结果,犹太人不是被迫改宗就是被处以死刑,或者被剥夺一切公民权利和经济权力。其中一部分富人改宗基督教,有的甚至担任了主教。有的虽被迫表示信仰基督教,实际上仍信仰犹太教,这些人被称为"马兰内"(意为"猪")。西班牙教会为了清洗"马兰内",建立了异端裁判所,对"马兰内"进行公开宣判,从鞭挞直到活活烧死,惨不忍睹。共有40万犹太人受审,3万人被处以极刑。

"格托"与"精神格托"这些自闭性自我保护现象的出现与发展既有被动性又有主动性。即便表现为主动，这种主动的背后也深藏着强制性文化规范，隐藏着犹太人长期被排斥的史实，犹太人对自身生存、对犹太文化延续的深刻焦虑与强烈的危机意识。"格托"是客居地强加在犹太人身上的一个枷锁，其目的是避免犹太文化的传播、阻截犹太民族的发展、阻止犹太民族地位的上升。犹太人在这一枷锁内生存，创造性地利用这一枷锁守护了自己的文化与民族性。犹太人对"格托"与"精神格托"的创造性运用彰显了犹太民族顽强的生命力。

2. 身份意识唤醒

《忽至森林深处》中村民的迫害客观上使尼希、尼米、玛雅、马提等人脱离了村庄种种思想的钳制，走向独立与成熟：尼希建立了一个人与动物和谐相处、彼此尊重的世外桃源；尼米摆脱了大家对自己的诸种要求，获得了真正的自由；玛雅和马提谋求村子与动物、尼希的相处之道，成了村庄的拯救者。尼希等人的被迫害—成长历程与犹太人的被迫害—生存、发展历史极为相似：马萨达业已成为犹太人捍卫自由的决心的象征、犹太民族精神的象征；罗马统治者用暴力捣毁犹太人的第二圣殿，犹太人彻底丧失主权民族地位之后，犹太经院活动开始得到发展，被誉为犹太教第二经典的《塔木德》得以编纂完成，犹太民族在之后的1500年掌握了强大的思想武器，犹太思想得以传播，后继人才得以培养，犹太典籍得以研究，犹太精神得以保存，以犹太教为核心的犹太文化得到了极大的发展；在中世纪的西班牙，在面对异端裁判所的迫害时，不少犹太人被迫受洗接受基督教，但他们被西班牙人蔑称为"马兰内"，该称呼是对犹太人原本文化身份的标识，反而使犹太人不能成为真正的基督徒，该称呼甚至成为秘密犹太教徒的代名词；中世纪末，被西班牙统治者驱逐出境的犹太人将犹太精神的火种带到了西亚、北非、北欧和东欧广大地区，使那里成为犹太文化的新的中心；16世纪以来，罗马天主教会开始推行犹太隔都，但隔都内有着健全的机构设置和法律规章，隔都无疑也成了犹太人保持其文化传统的一种有效工具；犹太复国主义运动发展早期，参加者并不多，欧洲尤其是东欧大规模的排犹运动使越来越多的犹太人被迫参加犹太复国主义运动，这些人还以前所未有的热情投身于犹太文化的重建事业，人们的犹太意识不断强化，希伯来语——在犹太人日常生活中已消失很久的古老语言——也在犹太文化的重建工程中奇迹般地被"复活"，并再度走进犹太人的日常生活；20世纪以纳粹为代表的反犹主义力量使犹太人口减少了1/3，却导致了犹太人在失去家园的两千多年后建立起了一个新的犹太人国家。

奥兹用尼希等人的被迫害与成长经历隐喻，大流散历史中的犹太人因其文化的异质性而不断遭受客居地文化的强制性同化与文化消解，但针对犹太人的强制性同化与诸种文化消解却在客观上唤醒了犹太人的身份意识、民族意识，推动了犹太民族的生存与发展。这种结果与对犹太人进行强制性文化同化与文化消解的文化机制的运转方向背道而驰，证明了犹太民族、犹太文化的顽强生命力。

（三）畸形的民族关系

作品中成为"山鬼"的尼希逐渐变得强大，对村民们的威慑力越来越强，所以这个曾经的被迫害者几乎每个夜晚都要去村子里制造恐怖气氛以报复村民。尼希的报复行为隐喻建国后以色列人的极端主义心理与行为。

长期的被迫害历史使犹太人安全感极端匮乏，生存危机感普遍存在。"对我们犹太人来说，我们的未来总是与'失去家园'这一危险相伴的。"[1] "对犹太人来说，几千年来他们一直陷在失去祖国和家园的恐惧、焦虑之中，现在他们担心再次失去家园。"[2] 复国主义把所有以色列人都框入了大屠杀幸存者及其后代的范围，给他们的灵魂植入了危机感和内聚力，这是以色列民族凝聚力的重要源头，同时也是极端民族主义产生的温床。从以色列建国第二天起，阿以冲突就不断发生。身处阿拉伯世界的包围中，很多以色列人将长期积淀下来的民族忧患意识全部嫁接在对阿拉伯世界的警惕上，将阿拉伯人视作自己家园保护的最大威胁。安全感的极端匮乏使建国后的以色列极端民族主义蔓延。

极端民族主义一度使阿以和平进程举步维艰，对此奥兹保持着清醒的头脑。于是作品结尾处奥兹虚构了一个乌托邦——尼希管理的动物世界，在这一世界中包括人在内的所有动物彼此尊重、和睦相处、平等相待。该乌托邦寄托了奥兹消除极端主义、实现和平的希望。

---

[1] 云也退：《阿摩司·奥兹的梦想》，《书城》2008年第3期。
[2] 李宗陶：《诺贝尔提名作家奥兹讲述好人之间的战争》，《南方人物周刊》2007年第23期。

六 犹太女性的心理创伤

"创伤"研究始于 19 世纪 70 年代心理学的女性歇斯底里症（Hsteria）研究。西格蒙·弗洛伊德（Sigmund Freud）、皮耶·贾内（Pierre Janet）、约瑟夫·布吕尔（Joseph Breuer）研究了创伤的心理机制。第一次世界大战后，英美两国致力于研究战争造成的心理创伤及其治疗。20 世纪 70 年代各种民权运动和妇女解放运动使创伤研究出现了繁荣的景象。1980 年，美国精神分析协会（American Psychiatric Association）第一次将"创伤后应激障碍"（Post-traumatic Stress Disorder）纳入其诊断手册。目前创伤理论被广泛应用于心理学、历史学、社会学、文学等学科。"创伤研究涉及范围非常广泛，主要关注社会弱势群体——如患有歇斯底里症的女性、遭受家庭暴力和虐待的女性和儿童、战争中遭受身心创伤的退伍士兵，以及遭受种族主义压迫的少数族裔群体等——的创伤经历。如何再现这些处于社会边缘的个体或群体的创伤经历，通过他们的记忆修正和颠覆正统历史叙述，并帮助他们走出创伤，成为当代欧美创伤理论研究关注的焦点。"[1]

学者们对创伤所作的定义有很高的相似性："创伤是一种破坏性的经历，这个经历与自我发生了分离，造成了生存困境；它造成的影响是延后的，但影响的控制是很艰难的，或许是永远不可能完全控制的"[2]；"在突然的，或灾难性的事件面前，一种压

---

[1] 师彦灵：《再现、记忆、复原——欧美创伤理论研究的三个方面》，《兰州大学学报》（社会科学版）2011 年第 2 期。

[2] Lacapra Dominick, *Writing History, Writing Trauma*, Baltimore: Johns Hopkins University Press, 2001, p. 41.

倒性的经验，对这些事件的反应通常是延迟的，以幻觉和其他侵入的现象而重复出现的无法控制的表现"。[1] 这些定义都指涉了创伤的心理机制。

学者们还对创伤进行了分类。拉卡普罗（Lacapra Dominick）将创伤分为历史性创伤和结构性创伤两类。历史性创伤是指大屠杀、奴隶制、种族隔离、少年时期受到的性侵犯或强奸等特殊的、常常是人为的历史性事件；而结构性创伤指与母亲分离、进入语言象征系统、不能完全融入一个集体等失落。[2] 按创伤幸存者的类型，艾瑞克森（Erikson Kai）把创伤分为个人创伤和集体创伤两种。个人创伤指"对心理的一次打击，这种打击如此突然，并伴随着如此野蛮的力量，它撕裂了一个人的抵御机制，以至于个人不可能有效地回应"。[3] 个人创伤可以是历史性的，也可以是结构性的。而集体创伤一般是历史性的创伤，"集体创伤是指对社会生活的基础肌理的一次打击。它损坏了联系人们的纽带，损伤了之前人们的集体感。集体创伤缓慢地作用，甚至是不知不觉地嵌入那些遭受它的人们的意识中。所以它没有通常个人创伤感受的那种突然性，但仍然属于震惊的一种形式。人们慢慢意识到集体不再作为一个有效的支持来源而存在，而与之相连的自我的重要的一部分已经消失了……'我'继续存在，虽然受到

---

[1] Cathy Caruth, *Unclaimed Experience: Trauma, Narrative and History*, Baltimore and London: Johns Hopkins University Press, 1996, p. 11. 转引自王欣《文学中的创伤心理和创伤记忆研究》，《云南师范大学学报》2012年第6期。

[2] Lacapra Dominick, *Writing History, Writing Trauma*, Baltimore: Johns Hopkins University, Press, 2001, p. 189.

[3] Erikson Kai, "Notes on Trauma and Comunity", *Trauma: Explorations in Memory*, ed. Cathy Caruth, Baltimore and London: Johns Hopkins University Press, 1995, p. 187. 转引自王欣《文学中的创伤心理和创伤记忆研究》，《云南师范大学学报》2012年第6期。

损伤，或许永远改变了；'你'仍然存在，或许遥远并很难联系；但'我们'不再作为一个组织躯干上相连的组件或联系的细胞那样存在"。① 集体创伤可源于战争、大屠杀、集中营幸存者等的相同创伤经验；创伤经验还在种族、集体、代与代之间传递，进而成为一个民族或集体的文化记忆的一部分。②

经历了种族歧视、种族迫害、种族隔离与大屠杀之后，既不被巴勒斯坦认可，又不被欧洲认可的欧洲犹太人的精神创伤，既是历史性的，又是结构性的；既是个人的又是集体的。源于迫害、战争、大屠杀、集中营幸存者的创伤经验在犹太民族、集体、代与代之间不断传递，最终成为犹太民族集体无意识的一部分。

关于创伤的心理机制，弗洛伊德认为创伤具有延宕性（Belatedness）和重复性（Repetition）。"发生在创伤神经症里的梦具有重复的特征，将病人再次带入他遭遇的境况中，这种情景使他在又一次的恐惧中醒来。"③ 一般性的神经症患者可以通过移情等方式躲避痛苦，但很多创伤幸存者失去了移情能力，潜伏于潜意识中的创伤经历在创伤幸存者的记忆中反复出现，将其记忆与现实、自我与世界分割开来，干扰着幸存者的生活。凯如斯（Cathy Caruth）也持相同立场，她对延宕性这一概念进行了延伸，从而

---

① Erikson Kai, "Notes on Trauma and Comunity", *Trauma: Explorations in Memory*, ed. Cathy Caruth, Baltimore and London: Johns Hopkins University Press, 1995, p. 127. 转引自王欣《文学中的创伤心理和创伤记忆研究》，《云南师范大学学报》2012年第6期。
② 王欣：《文学中的创伤心理和创伤记忆研究》，《云南师范大学学报》2012年第6期。
③ Sigmund Freud, *Beyond the Pleasure Principle*, London: Hogarth, Vol. 18, 1961, p. 13.

解释了延宕性产生的原因。凯如斯认为创伤具有潜伏期（Latency），创伤的后果随着时间的推移才逐渐显现。具有潜伏期的创伤体验不断重复并延宕使受创者备受折磨，"延宕使创伤具有一种历史力量，它并不仅仅是在忘记创伤之后创伤的重复再现，也是指在通过忘记或在忘记之中，再次遭遇如同第一次的创伤打击。从这个角度出发，创伤的幸存者并不是暴力事件的残存的幸运儿，而是要面对无休止的创伤的重复，有时最后甚至引向毁灭。"①"延宕本身就是创伤的一个标志，重复并不能治愈创伤，但创伤经历的转移和听众倾听的责任可以建立被暴力和忘记所破坏的人与人之间的联系。"②

奥兹笔下部分犹太女性的记忆与现实是严重脱节的，具有延宕性和重复性的创伤体验反复、长期地折磨着她们。她们无法摆脱过去，无法理解和理性地分析现实，更无法融入现实。创伤顽固地存在并支配她们的潜意识，甚至能通过潜意识支配她们的生理反应。

如施罗密特逃离反犹主义者的屠刀迁居"太亚洲化"的巴勒斯坦后，创伤体验在她余生的二十五年里不断折磨她，使她始终无法正视更无法融入巴勒斯坦的生活。在生理上，她莫名其妙地产生了针对巴勒斯坦的洁癖，该洁癖统治了她余生的二十五年并最终将她置于死地。

---

① 王欣：《文学中的创伤心理和创伤记忆研究》，《云南师范大学学报》2012年第6期。

② 同上。

施罗密特在 1933 年一个炎热的夏日从维尔纳直接来到耶路撒冷……立刻发出了终极裁决:"黎凡特到处是细菌。"[①]

奶奶在耶路撒冷住了约莫有二十五年,她深谙岁月之艰辛,很少有快乐时光,但直到生命的最后时刻,她也没有弱化或更改自己的裁决。据说,他们刚在耶路撒冷落脚,她就命令爷爷早晨六点或六点半起来,给家中各个角落喷洒福利特,清除细菌,朝床底下,朝衣柜后面,甚至向浴室储藏物品的地方、餐具柜腿中间喷洒,继之拍打所有的床垫、床罩和鸭绒被。他们在耶路撒冷的每一天她都这样做,无论冬夏。我从童年时代,便记得亚历山大爷爷一大早便站在阳台上,他身穿背心和睡鞋,像堂·吉诃德猛击酒囊那样敲打枕头,拿地毯掸子,用尽可怜而绝望的气力,一遍遍地敲打。施罗密特奶奶会站在离他几步远的地方,比他还高,身穿一件花丝绸晨衣,扣子扣得严严实实,头发用绿色的蝴蝶结系住,宛如女子寄宿学校的女校长那样硬邦邦直挺挺的,指挥战场,直至赢得每日一次的胜利。[②]

在不断进行的反细菌战大背景下,奶奶在煮水果和蔬菜时也绝不妥协。她把一块布浸泡在略呈粉红色名叫卡里的消毒液里,擦两遍面包。每次吃过饭,她不洗碗,而是让它们享有为过逾越节夜晚才可能有的待遇:被煮上好长时间。施罗密特奶奶也把自己一天"煮上"三次:无论冬夏,她每天

[①] [以] 阿摩司·奥兹:《爱与黑暗的故事》,钟志清译,译林出版社 2007 年版,第 33 页。
[②] 同上书,第 33—34 页。

几乎用开水洗三次澡,为的是清除细菌。她活到高龄,臭虫和病毒远远地看见她走来,都跑到大街的另一边。她八十多岁时犯过两次心脏病,科罗姆霍尔茨医生警告她说:亲爱的女士,要是你不停止这些热水澡,我无法为任何可能出现的不幸和令人遗憾的后果负责。

但施罗密特奶奶不能放弃洗澡。她太惧怕细菌了。她在洗澡时死去。

施罗密特奶奶来自东北欧,那里的细菌和耶路撒冷的一样多,更不用说其他的有害物质了。[1]

更坏的结果是,创伤事件导致受创者与他人隔离,"幸存者对基本的人际关系的质疑……打破了家庭、友谊、爱以及对共同体的依赖……打碎了在与他人关系中形成和保持的自我建构。"[2]奥兹笔下部分受创女性,不仅遭受了内心世界和外在世界隔离的痛苦,还因失去了在现实中构建良好人际关系的能力而陷入无边无际的孤独不能自拔。如范妮娅始终无法在巴勒斯坦犹太人中找到伙伴,她仅有的几个亲密朋友都来自移民前所居之地罗夫诺,其好朋友声称"生活在此地就像噩梦"[3]。范妮娅的时间是断裂的、静止的、不断重复的,停留于受创之前,现实世界的时间无法进入她的私人情感生活空间,她无法通过类似移情的方式疗治

---

[1] [以] 阿摩司·奥兹:《爱与黑暗的故事》,钟志清译,译林出版社2007年版,第34页。
[2] [美] 朱蒂斯·赫曼:《创伤与复原》,杨大和译,(台北) 时报文化出版公司1995年版,第5页。
[3] [以] 阿摩司·奥兹:《爱与黑暗的故事》,钟志清译,译林出版社2007年版,第213页。

心灵之痛，获得复原。

　　她在床上给我讲的故事里，主人公尽是巨人、精灵、巫婆、农夫的妻子和磨坊主的女儿，森林深处的演员棚屋。倘若她要是讲述过去，讲述她父母的住宅或是磨坊或者是泼妇普利马，某种苦涩与绝望就会悄悄进入她的声音中，那是某种充满矛盾或含混不清的讽刺，某种压抑着的嘲讽，某种对我来说太复杂或说太朦胧而无法捕捉的东西，某种挑衅和窘迫。①

　　我妈妈过着孤独的生活，多数时间把自己囚禁在家里。除了她的朋友，也曾经在塔勒布特高级中学读过书的莉兰卡、伊斯塔卡和范妮娅·魏茨曼，妈妈在耶路撒冷没有找到任何意义和情趣。她不喜欢神圣的地方和诸多名胜古迹。犹太会堂、拉比学院、基督教堂、修道院和清真寺，这一切对她来说几乎千篇一律，枯燥乏味，泛着不经常洗澡的宗教人士的气味。她敏感的鼻子一旦闻到未清洗肉体散发出来的气息，即使洒了浓重的香水，也会向后缩起。②

　　她唱歌时声音阴郁深情，仿佛冬夜品尝加香料的温酒。她唱歌时不用希伯来语，而是用声音甜美的俄语，富于梦幻的波兰语，或者偶尔用意第绪语，听上去像是抑制着眼泪。③

---

① [以] 阿摩司·奥兹：《爱与黑暗的故事》，钟志清译，译林出版社2007年版，第192页。
② 同上书，第276页。
③ 同上书，第460页。

152

受创者的复原有赖于其与外部世界联系的建立。"建立与外部世界的关系是创伤复原的基础,创伤叙述是创伤复原必须经历的过程,也是幸存者与外界建立联系的方式。"[①] 创造并提供叙述的机会和对叙述的倾听,可以帮助幸存者与外界建立联系,如弗洛伊德等人认为,心理创伤使受创者的自我和现实发生断裂,"谈话治疗法"使二者建立联系,会使症状减轻。"倾听者在倾听的过程中可以帮助幸存者将创伤事件重新外化、对创伤经历进行重新评价,帮助幸存者对自己做出公正阐释,重建正面的自我观念。

因此,"认同幸存者经历的个人和/或共同体的存在对于重新建立幸存者与他人和外部世界的联系至关重要。"[②] 文学作为一种叙述与倾听的良好载体,天然地具有叙述创伤记忆、塑造创伤人物、提供良好倾听机会的功能,作家对于创伤体验的叙述使"创伤小说"(Trauma Novel),即贝拉物所谓的"表现个人或集体的巨大的失落或极度恐惧的虚构作品"[③] 产生。如两次世界大战就曾催生了《太阳照常升起》《永别了,武器》等创伤小说及大批创伤小说作家。奥兹认为自己具有创伤作家的特点:

"若要问我的风格,请想想耶路撒冷的石头。"奥兹非常敏感地觉察到,自己在剖析人心的同时,也受到集体无意识

---

① 师彦灵:《再现、记忆、复原——欧美创伤理论研究的三个方面》,《兰州大学学报》(社会科学版) 2011 年第 2 期。
② 同上。
③ Michelle Balaev, "Trends in Literary Trauma Theory", *Mosaic*, Vol. 41, No. 2, 2008, pp. 149 – 166.

的困扰,他曾说:"如果这种歇斯底里的犹太纽带和集体共振非常坚固,没有它我又怎能生活?如果将这毒瘾戒掉,我还剩下什么?"[①]

创伤叙事中的创伤主角往往具有很强的代表性,能反映某一集体普遍性的历史与创伤。贝拉物指出,"小说中的创伤主角意识到个人创伤常常联系着更大的社会因素和文化价值或意识形态。创伤小说提供了个人遭遇的画面,但却表现出这个主角是'每个人'的形象。实际上,这个主角的作用常常是映射一段历史时期、其中的一些人或特定的文化、种族、性别,集体性地经历了巨大的创伤。这样,小说人物放大了一个历史事件,在里面成千上万的人遭遇了同样的暴力,如奴隶制、战争、折磨、强奸、自然灾害,或核弹毁灭"[②]。奥兹借小说创作叙述了个人和犹太人集体在文化、历史、种族、性别等场域中的创伤经历,读者借小说阅读完成了倾听过程,在创作与阅读中,犹太人作为受创者,其心理重建的过程得以进行。

[①] 李宗陶:《诺贝尔提名作家奥兹讲述好人之间的战争》,《南方人物周刊》2007 年第 23 期。

[②] Michelle Balaev, "Trends in Literary Trauma Theory", *Mosaic*, Vol. 41, No. 2, 2008, pp. 149 – 166.

第六章

犹太复国主义话语中的他者

如前文所述,犹太人文化同化的结果之一是其文化身份的再造,被同化了的犹太人因兼具客居地的文化特征而拥有了多重文化身份,犹太女性因接受了更多世俗教育,文化身份的多重性特征更为鲜明。但具备多重文化身份的犹太女性在被迫移民巴勒斯坦后要面对诸多认同问题,首要的便是对犹太复国主义主流话语的融入障碍问题。

一 犹太复国主义

犹太复国主义是工党三原则之一,对以色列建国起了关键作用。建国前劳工党在诸多政党的竞争中胜出,建国后其执政党地位维持到1977年,犹太复国主义自然成为以色列建国前后几十年间的主流价值观。

犹太复国主义既指犹太民族还乡复国的思潮,也指犹太人以还乡复国为宗旨的运动。作为运动的犹太复国主义,其目标是号召散居在世界各地的犹太人重返犹太人的故乡巴勒斯坦,在那里重新建立一个以犹太人为主权民族的国家，复兴整个犹太民族。① 历史中形成的犹太复国主义话语具有很强的意识形态色彩和导向性：

> 根据近年来社会学家、文学家、史学家的研究成果，犹太复国主义被认做是以色列的内部宗教（Civil Religion）。犹太复国主义的目的，不仅是要给犹太人建立一个家园和基地，还要建立一种从历史犹太教和现代西方文化的交互作用下发展起来的"民族文化"。不仅要从"隔都"（ghetto，"犹太人聚居区"的专称）的束缚中解放出来，而且要从"西方的没落"中解放出来。一些理想主义者由此断言，以色列土地上的犹太人应该适应在当地占统治地位的中东文化的需要。因此，一切舶来的外来文化均要适应新的环境，只有那些在与本土文化的相互作用中生存下来的因素才能够生存下来。为实现这种理想，在以色列尚未正式建国之时，犹太复国主义先驱者便为新犹太国的国民设立了较高的标准，希望把国民塑造成以色列土地上的新人，代表国家的希望。在以色列建国前，这种新型的犹太人被称为"希伯来人"（实乃犹太复国主义者的同义语），待以色列建国之后，便被称作"以色列人"。②

犹太复国主义话语倡导单一的国家认同，强调集体主义、拓

---

① 徐新：《犹太文化史》，北京大学出版社2006年版，第286页。
② 钟志清：《旧式犹太人与新型希伯来人》，《读书》2007年第7期。

荒精神和积极进取意识，其他类型的文化与情感诉求，尤其是产生于"大流散"过程中的各种文化与情感诉求被强力抑制。"以色列在建国之初，延续的是犹太复国主义意识形态中的'反大流散'理念，试图割断新建以色列国家与欧洲犹太人的关联。"① 在犹太复国主义话语的影响下，《圣经》都被刻意曲解：

> 在犹太复国主义那里，即使教授《圣经》，也不是在教授一种信仰或者哲学，而是要大力渲染《圣经》某些章节中的英雄主义思想，讴歌英雄人物，使学生熟悉以色列人祖先的辉煌和不畏强暴的品德。这样一来，犹太民族富有神奇色彩的过去与犹太复国主义先驱者推重的现在便奇迹般地结合起来了。特定时期之内的这一教育背景，致使有些以色列年轻人甚至把整个人类历史完全理解成"令犹太人民感到骄傲的历史，犹太人民殉难的历史，以及以色列人民为争取生存永远斗争的历史"。《爱与黑暗的故事》中就有这样一个"红色教育"之家，在这个家庭里也教授《圣经》，但把它当成呼应时事的活页文选集。《圣经》如此讲述，便成为——先知们为争取进步、社会正义和穷人的利益而斗争，而列王和祭司则代表着现存社会秩序的所有不公正；年轻的牧羊人大卫在把以色列人从腓力士人枷锁下解救出来的一系列民族运动中，是个勇敢的游击队斗士，但是在晚年他变成了一个殖民主义者—帝国主义者国王，征服其他国家，压迫自己的百

---

① 钟志清：《大屠杀记忆与以色列的意识形态》，《西亚非洲》2015 年第 6 期。

姓，偷窃穷苦人的幼母羊，无情地榨取劳动人民的血汗。①

二 主流话语的疏离者

在犹太复国主义语境中，大流散"不仅指犹太人散居在世界各地这一文化、历史现象，而是更进一步地标志着与犹太复国主义理想相背离的一种价值观念。否定大流散文化的目的，则是在于张扬拓荒者——犹太复国主义者文化"②。犹太复国主义提倡以熔炉理念重新塑造移民，使其与土地建立水乳交融的联系，以张扬拓荒者——犹太复国主义者文化；还要求移民隔断与过去的联系，并斩断自己在流散地业已形成的文化和信仰。

要塑造一代新人，就要把当代以色列社会当成出产新型的犹太人——标准以色列人的一个大熔炉，因此，就要对本土人的行为规范加以约束，尤其是要对刚刚从欧洲移居到以色列的新移民——多数是经历过大屠杀的难民进行重新塑造。熔炉理念不仅要求青年一代热爱自己的故乡，而且还要他们和土地建立一种水乳交融的关系，要足踏在大地。一九四九年，在讨论新的兵役法时，以色列总理本-古里安就提出，所有的士兵，无论男女，都有义务在基布兹或农业合作社服务一年，以增强自己的"拓荒者"意识。③

为了标准以色列人的出生，新移民还被要求割断同过去

---

① 钟志清：《旧式犹太人与新型希伯来人》，《读书》2007年第7期。
② 同上。
③ 同上。

的联系。"新移民懂得,为了让希伯来文化接纳自己,就必须摒弃,或者说轻视他以前的流散地文化和信仰,使自己适应希伯来文化模式。"(参见奥兹《本土人:新型犹太人的塑造》,二〇〇二)至于适应希伯来文化模式的途径则是多种多样,包括要接受犹太复国主义信仰,讲希伯来语,热爱故乡,参军,到基布兹和农业集体农庄劳动,甚至取典型的希伯来名字等。①

奥兹笔下的犹太女性多为流散于欧洲的阿什肯纳兹犹太人及其后裔,在传承祖辈文化的过程中,欧洲文化已经融入她们的血液,甚至成为她们集体无意识的一部分;同时,作为中产阶级知识分子,她们已经历史地形成了自己丰富独特的个人特征。但她们不被主流话语理解、同情和接纳,复国主义话语甚至要求她们抑制进而生硬地阉割这些根深蒂固的个体与亚群体特征,包括习俗、语言、思维方式、习惯、爱好、审美等。奥兹对此做了戏谑的描写,如"父母讲四五种语言,能看懂七八种……出于文化方面的考虑,他们基本上读德语和希伯来语书,大概用意第绪语做梦"。② 在犹太复国主义语境中,语言的选择同样具有很强的意识形态色彩,意第绪语很大程度上代表了大流散及大流散过程中犹太人的文化身份:

---

① 钟志清:《旧式犹太人与新型希伯来人》,《读书》2007 年第 7 期。
② [以] 阿摩司·奥兹:《爱与黑暗的故事》,钟志清译,译林出版社 2007 年版,第 2 页。

如果说启蒙思想家或斯摩伦斯金那些早期民族主义者注重的是语言的文化意义及交流价值,那么犹太复国主义先驱则更多地是因为立国和意识形态的需求,才在日后推广希伯来语。他们来自讲意第绪语的东欧世界,在他们眼中,意第绪语虽然具有交流价值,但它代表着犹太人在欧洲的流亡体验,是德语与希伯来语杂交后的产物,不能用作巴勒斯坦犹太人的国语。选择希伯来语有强调犹太人集体身份的意义。[1]

启蒙思想家试图在流散地复兴希伯来语只是在现代社会保持犹太人民族身份的权宜之计,无法改变犹太人被同化的命运。而在即将建立于巴勒斯坦的犹太民族国家内把希伯来语作为书面与口头用语加以使用与改良,不仅使一门古老的语言在现实生活中恢复生机,从而延续古代圣经时期犹太民族的辉煌历史,保存民族文化;而且可以淡化犹太人在大流散期间的耻辱过去,有助于犹太人塑造一种新的身份。选择希伯来语、摒弃意第绪语就等于支持犹太复国主义,换句话说,如果犹太复国主义者讲摩西的语言,那么在某种程度上则为他们在巴勒斯坦建立犹太民族国家提供了某种合法依据。在这个意义上,一度服务于上帝的希伯来语在当时可以服务于建国需要,成为创立安德森所说的"想象的共同体"的理想载体。[2]

---

[1] Alain Dieckhoff, *The Invention of a Nation: Zionist Thought and the Making of Modern Israel*, p. 102. 转引自钟志清《希伯来语复兴与犹太民族国家建立》,《历史研究》2010 年第 2 期。

[2] 同上。

第六章　犹太复国主义话语中的他者

奥兹母亲用希伯来语阅读，是在为投入熔炉、融入复国主义话语体系做努力，但阅读行为的深层背景，却是复国主义话语对阿什肯纳兹犹太人个人历史和文化特征的抑制与否定；意第绪语梦境则源于潜意识与本能，代表了大流散中业已形成的、根深蒂固的个人文化特征，体现了奥兹的母亲对犹太复国主义主流话语在潜意识和本能上的疏离。奥兹本人在创作上倡导幽默与嘲讽，也工于幽默与嘲讽。

> 我觉得幽默感是一方良药，是消灭狂热主义的最好的办法。狂热分子从来不会有幽默感的，具有幽默感的人从来不会成为狂热分子。如果你具有了幽默感，一直不住地笑话自己，怎么会成为狂热分子呢？幽默感是一种文化财富。因为采取幽默的方式看待自身，就是在用别人的视角看待自身，嘲笑自己，也是在用别人的方式看待自己。我认为，要用别人的视角看待世界，乃文学伟大秘诀之所在。任何一种伟大的文学均教给我们如何从不同视角、眼光、立场来看待世界。[①]

> 契诃夫让我认识到日常生活琐事的伟大意义，教会我如何含着微笑描写令人伤心的生活。我的祖母曾经说过，当你哭尽了眼泪之后，就不会再有眼泪了，那么就开始微笑吧。契诃夫就是这样的作家，含笑运笔，描写人生的悲怆。诺贝尔奖得主阿格农教给我如何运用反讽艺术手法，他是一位讽刺大师。当描写严肃的生活事件时，往往以某种戏谑的方

---

① 钟志清：《奥兹在社科院的演讲》，见钟志清《"把手指放在伤口上"：阅读希伯来文学与文化》，中央编译出版社 2010 年版，第 154 页。

式，妙趣横生，余味无穷。别尔季切夫斯基教我挖掘人性深处，包括人性中的黑暗面。①

戏谑式的描写中暗含作家的立场与价值判断，包含奥兹对犹太复国主义单一价值维度的质疑，对犹太复国主义话语高压的反思与否定。

同时，与神权社会阶段犹太女性与宗教疏离的状况相似，在20世纪的政治社会阶段，犹太女性与复国主义这一主流话语疏离，但复国主义话语对女性私人生活领域进行了长驱直入的入侵。奥兹坦言，"对于我来说，从童年时代起，政治就成了个人内在生活的一部分。每天父母、亲人、街坊邻里谈论的就是时局与政治。甚至连小孩子也参与政治讨论。而今，政治不是出现在电视屏幕上，不是出现在另外一个世界，而是终日影响着每个人的日常生活。"②他在多部小说中描写了这种现象。《费玛》中费玛因热衷于政治而对妻子孕育的孩子毫无兴趣，甚至为了与朋友讨论政治问题让妻子约珥独自去堕胎；《黑匣子》中伊兰娜的东方犹太人丈夫狂热地投身于"新锡安主义"，夫妻两个渐行渐远。《爱与黑暗的故事》中，人们"表达公共情感没有丝毫困难……但是一旦他们要表达私人情感时，总是把事情说得紧张兮兮，干巴巴，甚至诚惶诚恐"③；"犹太复国主义的激情使父亲尤其为之沉醉"④，他甚

---

① 钟志清：《以写作寻求心灵宁静：奥兹访谈之二》，见钟志清《"把手指放在伤口上"：阅读希伯来文学与文化》，中央编译出版社2010年版，第182页。
② 同上书，第180页。
③ [以] 阿摩司·奥兹：《爱与黑暗的故事》，钟志清译，译林出版社2007年版，第11页。
④ 同上书，第277页。

第六章 犹太复国主义话语中的他者

至认为家庭聚餐时"最紧迫最激动人心的话题肯定是在朱迪亚沙漠里发现的死海古卷"①,并将该话题从上汤持续到上主食,对此范妮娅无法忍受。《了解女人》中优秀的摩萨德成员约珥几乎将自己的所有时间都用于间谍事业,他在家庭中的长期缺席使女儿恋父并憎恨母亲,他与妻子的关系也降至冰点。妻子伊芙瑞娅痛苦万分,痛苦到极致的伊芙瑞娅曾歇斯底里地抗议间谍事业对约珥的控制;被间接伤害的妮塔的反应也完全是畸形的。

> 但她继续以一种疯狂的逻辑指责他,他一个人。她要求他停止出差旅行,要么,反之,就永远离开。你想清楚,她说,什么对你是最重要的。好一个反妇女儿童的英雄,把刀子扎进去就跑了。②
>
> 有一回,当着他的面,在一次发病期间,她开始劈头盖脸地打那一动不动的孩子。他震惊了。他乞求,他恳求,他求她住手。最后,他被迫动武阻止她,这是生平中唯一的一次。他攥住她的手臂,把它们拧到背后,把她拖进厨房。当她停止了反抗,像一个破烂玩偶似的瘫软地跌坐在一张凳子上时,他无端地举起手,狠狠地给了她一记耳光。直到那时,他才注意到孩子已经醒来,正倚靠在厨房门口,以一种冷漠、科学的好奇神情盯着他们。伊芙瑞娅喘着气,指着那女孩,啐他一口:"那儿,看看吧。"他从牙缝间挤出嘶嘶

---

① [以]阿摩司·奥兹:《爱与黑暗的故事》,钟志清译,译林出版社2007年版,第511页。
② [以]阿摩司·奥兹:《了解女人》,柯彦玢、傅浩译,译林出版社2007年版,第61页。

声:"告诉我,你是不是真的疯了?"伊芙瑞娅回答:"是的。我是彻底疯了——竟同意跟一个杀人凶手一起生活。你应该知道,妮塔——杀人凶手,这就是他的职业。"①

后来,孤独的男邻居爱慕妻子,约珥有所察觉,但因对摩萨德间谍事业的热情,他选择忽视这一切。

从妮塔,也从伊芙瑞娅那里,约珥得知了她们与那位中年邻居,冷藏货车司机的新友谊……有时下午伊芙瑞娅独自去找他。甚至约珥也被邀请了一次、两次、三次,但是他找不到接受的机会,因为在去年那个冬天,他得比平常更频繁地出差。在马德里,他找到了一条令他兴奋的线索,他的本能告诉他,在钓线的末端可能会有一个特别贵重的奖品在等着他。但是他不得不运用各种各样的手段,这就要求耐心、机敏和假装不在乎。结果,那年冬天他采取了一种漠然的态度。他看不出他的妻子与那较年长的邻居之间的友谊有什么不妥。他对俄罗斯曲子也有所嗜好。他甚至觉察到伊芙瑞娅变随和的最初迹象:现在她让渐变灰白的金发垂落在肩上,她做水果甜点的方式和她喜欢穿的鞋子的式样都表明了这一点。②

---

① [以]阿摩司·奥兹:《了解女人》,柯彦玢、傅浩译,译林出版社2007年版,第61—62页。
② 同上书,第74页。

约珥的反应使妻子伊芙瑞娅陷入绝望，触电自杀。犹太复国主义事业破坏了伊芙瑞娅和妮塔这对母女的正常家庭生活，也破坏了她们的精神世界——母女的生存困境体现了犹太复国主义公共话语对女性私人生活空间的粗暴碾压与盘剥。

三 阶层区隔中的边缘人

复国主义主流话语还具有阶层区隔作用。拓荒者因在以色列国家建设中所起的奠基作用而被视为"大地之盐"，以色列国的王子，站在以色列声望之梯的最高端。这种区隔具有很强的导向性，拓荒者作为犹太复国主义的代言人，自然而然成为时代的标杆，人们连在思考"该不该送花庆祝生日？要是该送，送哪种花？"这样的问题时都要反思"这样做是不是有些过时了？……在加利利，拓荒者相互送唐菖蒲吗？"[①]

在否定大流散的社会背景下，本土以色列人把自己当做第三圣殿——以色列国的王子。在外表上，他们崇尚巴勒斯坦土著贝都因人、阿拉伯人以及俄国农民的雄性特征：身材魁梧、强健，粗犷、自信，英俊犹如少年大卫。这些特征恰恰与大流散时期犹太人苍白、文弱、怯懦、谦卑、颇有些阴柔之气的风貌形成强烈反差。在人格上的理想，则是具有顽强的意志力和坚忍不拔的精神，面对恶劣的自然环境英勇无畏，有时甚至不免言行粗鲁，而在战场上勇敢抗敌，不怕牺

[①] [以] 阿摩司·奥兹：《爱与黑暗的故事》，钟志清译，译林出版社2007年版，第19—20页。

牲。相形之下，大流散时期的犹太人，尤其是大屠杀幸存者，则被视作没有脊梁、没有骨气的"人类尘埃"①。

与这一既定团体相抗衡的是"不隶属者"，别称恐怖主义者，以及住在梅·沙里姆的虔诚的犹太人、仇视犹太复国的极端正统主义者，还有一群混杂的乌合之众，包括行为古怪的知识分子、野心家，以及以自我为中心见多识广的浪迹天涯之人；还有各种各样的弃儿、个人主义者和犹豫不决的虚无主义者、未曾设法恢复德国生活方式的德国犹太人、亲英的势利小人、富有的法国式黎凡特人，他们具备着我们视为骄横自大男总管的夸张方式。接着是也门人、格鲁吉亚人、北非人、库尔德人和萨洛尼卡人，他们绝对都是我们的兄弟，他们绝对都是大有可为的人类资源，可是有什么办法呢，你需要在他们身上投入大量的耐心和努力。

除去这些，还有难民、幸存者……②

这一价值观深刻地影响了奥兹。奥兹自己在少年时代就主动投身基部兹。对拓荒者的向往和多年的基部兹生活经历也自然深刻地影响了奥兹。奥兹从20世纪60到80年代就以基布兹小说见长，写下了《胡狼嗥叫的地方》《何去何从》《沙海无澜》等优秀作品，"书中呈现的许多人物，尤其是老一代拓荒者，都有着坚定不移的品性，往往把'给大地带来生命'这一观念当做

---

① 钟志清：《旧式犹太人与新型希伯来人》，《读书》2007年第7期。
② ［以］阿摩司·奥兹：《爱与黑暗的故事》，钟志清译，译林出版社2007年版，第13—14页。

信仰"。①

但作为欧洲犹太人的后裔，奥兹对自己与真正的拓荒者的距离有着清醒的认识。《爱与黑暗的故事》一书的小主人公后来违背父命，到基布兹生活并把姓氏从克劳斯纳改为奥兹（希伯来语意为"力量"），表明与旧式家庭、耶路撒冷及其所代表的旧式犹太文化割断联系的决心。他付出种种努力以斩断自身的阿什肯纳兹犹太人特征，斩断自己与大流散的联系，把自己改造为拓荒者的一员，但是始终难以像在基布兹出生的孩子那样成为真正的新希伯来人，只能在旧式犹太人与新型希伯来人之间徘徊。

> 因为我知道，摆脱耶路撒冷并痛苦地渴望再生，这一进程本身理应承担苦痛。我认为这些日常活动中的恶作剧和屈辱是正义的，这并非因为我受到自卑情结的困扰，而是因为我本来就低人一等。他们，这些经历尘土与烈日洗礼、身强体壮的男孩，还有那些昂首挺胸的女孩，是大地之盐，大地的主人，宛如半人半神一样美丽，宛如迦南之夜一样美丽。
>
> 除我之外。
>
> 人们没有因为我晒得黝黑而受蒙骗，他们一清二楚——我自己也清楚——即使我的皮肤最后晒成了深褐色，但内心依然苍白。②

---

① 钟志清：《旧式犹太人与新型希伯来人》，《读书》2007 年第 7 期。
② [以] 阿摩司·奥兹：《爱与黑暗的故事》，钟志清译，译林出版社 2007 年版，第 521 页。

拓荒者之下是附属阶层，最底层的是其他人，其中包括经历过"大流散"的犹太人，尤其是大屠杀幸存者这些没有脊梁、没有骨气的"人类尘埃"。其中，大批经历过大流散的移民并不能充分融入复国主义主旋律，他们保有自己的既有文化习惯和价值立场，而且这些文化习惯和价值立场往往在移民后相当长的时间里与曾经的客居地保持一致。奥兹的小说中，"很多受教育程度较高的欧洲犹太人，具有更为精致的精神追求，以色列建国前后恶劣的生存环境和贫瘠的文化生活，便让他们感到不适。"① 如《爱与黑暗的故事》中，"在拓荒者和不幸的小贩之间的天平上，我父母没有清晰界定的位置。他们一只脚踏在隶属团体里（他们是健康基金会成员，为社区基金捐款），另一只脚则悬在空中。"② 面对建设巴勒斯坦的体力劳动者时"爸爸却感到自己是——至少在心灵深处——没有根基，是有两只左手的目光短浅的知识分子，有点像家园建设前线的弃儿。"③ 对于这些移民，奥兹进行了善意的、契诃夫式的嘲讽：

> 这些在星期六下午聚到我们小院里啜饮俄式茶的邻居，几乎都是错了位的人。每当有人需要修保险丝、换水龙头或是在墙上钻个小洞，大家都愿意找巴鲁赫，他是左邻右舍惟一能做这样奇事的人，所以人们都管他叫"巴鲁赫金手指"。其他的人则都是知道怎样用激烈言辞来分析犹太人民回归农

---

① 钟志清：《旧式犹太人与新型希伯来人》，《读书》2007年第7期。
② ［以］阿摩司·奥兹：《爱与黑暗的故事》，钟志清译，译林出版社2007年版，第14页。
③ 同上书，第16页。

业生活和体力劳动的重要性。他们声称,我们这里的知识分子已经过剩,但是我们缺乏普通劳动者。可是我们的左邻右舍,除"巴鲁赫金手指"之外,几乎看不到一个劳动者。①

另外,父亲有一位朋友,此人对基布兹及新型农场有着坚定不移的信念,主张政府把新移民统统送到那里,以此来彻底治愈大流散与受迫害情结,让新移民通过在田间劳作,把自己铸造成新希伯来人。然而,矛盾的是,最终这位朋友却因自己"对阳光过敏"、妻子"对野生植物过敏",而永远地离开了基布兹。理想与现实的矛盾不仅困扰着旧式犹太人,也在考验着新希伯来人。②

经历过流亡生活的这些旧式犹太人大多并不完全认同犹太复国主义倡导的单一价值观,秉持欧洲式自由主义立场的他们把熔炉及熔炉式教育视为一种无法摆脱的危险,如《爱与黑暗的故事》中的阿里耶虽然认可了基部兹在国家建设中的重要性,也不反对基布兹理念,但还是决定把儿子送到一所宗教学校。他对奥兹宣称,"基布兹是给那些头脑简单、身强体壮的人建的,你既不简单,也不强壮。你是一个天资聪颖的孩子。一个个人主义者。你当然最好长大后用你的才华来建设我们亲爱的国家,而不是用你的肌肉。"③

---

① [以]阿摩司·奥兹:《爱与黑暗的故事》,钟志清译,译林出版社 2007 年版,第 16—17 页。
② 钟志清:《旧式犹太人与新型希伯来人》,《读书》2007 年第 7 期。
③ 同上。

他相信，把儿子变成一个具有宗教信仰的孩子并不可怕，因为无论如何宗教的末日指日可待，进步很快就可以将其驱除。因此，即使孩子被宗教学校培养成一个小神职人员，也很快就会投身于广阔的世界中。但是，如果儿子接受了"红色教育"，则会一去不返，甚至被送入基布兹。①

大屠杀幸存者在"声望之梯"的最底层，被鄙视、被嘲笑、被质疑，丝毫不能发出自己的声音，如《爱与黑暗的故事》中的一位老人，因经常喃喃自语百万孩子被惨无人道地屠杀一事而被视为一个疯子，被孩子们嘲笑，孩子们还为其取了一个"百万孩子"的绰号。本土以色列人以批评的态度对待幸存者，奥兹还原了这类批评，描述了大屠杀幸存者所遭受的怜悯、反感和质疑。

除去这些，还有难民、幸存者，我们对待他们既怜悯，又有某种反感。这些不幸的可怜人，他们选择坐以待毙等候希特勒而不愿在时间允许之际来到此地，这难道是我们的过错吗？他们为什么像羔羊被送去屠宰却不组织起来奋起反抗呢？要是他们不再用意第绪语大发牢骚就好了，不再向我们讲述那边发生在他们身上的一切就好了，因为那边所发生的一切对他们对我们来说都不是什么荣耀之事。无论如何，我们在这里要面对未来，而不是面对过去，倘若我们重提过去的话，那么从《圣经》和哈斯蒙尼时代，我们肯定有足够的

---

① 钟志清：《旧式犹太人与新型希伯来人》，《读书》2007 年第 7 期。

第六章 犹太复国主义话语中的他者

鼓舞人心的希伯来历史，不需要用令人沮丧的犹太历史去玷污它。犹太历史不过是堆负担。（他们总是用意第绪语词汇Tsores来形容，脸上流露出厌恶之情，于是孩子们意识到这些Tsores是某种痼疾，属于他们，而不属于我们。）[1]

幸存者的被怜悯、被反感、被质疑，很大程度上源于新生的以色列国家对犹太复国主义主旋律的大力张扬和对大屠杀历史的选择性忽略与曲解：

> 新建的以色列国家处于阿拉伯世界的重重围困之中，以色列国家缺乏统治力和安全感，以色列国的未来无法得到保障。尤其是，由于以色列建国以后，本－古里安政府为了国家的生存需要激励积极向上的民族精神，把犹太复国主义思想教育放到了至关重要的地位，并倡导按照犹太复国主义理想模式塑造新型的以色列人。他注重强调以"华沙起义"、"游击队反抗"为代表的大屠杀中的英雄主义精神，因而忽略了欧洲犹太人在手无寸铁的情况下面对强权所遭受的苦难。本土以色列人非但未对大屠杀幸存者的不幸遭际予以足够同情，反而对数百万欧洲犹太人"像羔羊一样走向屠场"的软弱举动表示不理解，甚至对幸存者如何活下来的经历表示怀疑。[2]

---

[1] ［以］阿摩司·奥兹：《爱与黑暗的故事》，钟志清译，译林出版社2007年版，第14页。

[2] 钟志清：《"艾赫曼审判"与以色列人对大屠杀的记忆——读阿伦特〈艾赫曼在耶路撒冷〉》，《中国图书评论》2006年第4期。

由于大屠杀发生在欧洲,只有欧洲犹太人对这段惨痛的历史铭心刻骨,而一批从亚洲、非洲等国家移居到以色列的犹太人对大屠杀知之甚少。①

如何让历史的悲剧不再重演,如何把历史创伤转换成进行爱国主义思想教育的政治话语,也成为当时以色列政府颇为重视的一个问题。本-古里安曾有过这样的名言:"灾难就是力量。"意思是要充分将历史上的恐怖和灾难转变为一种力量,以保证新的犹太国家今后能够存活下去。1953年,以色列议会通过有关法令,要建立犹太人大屠杀纪念馆。1959年,又规定将大屠杀纪念日定为"大屠杀与英雄主义",历史创伤就这样被铸造成了带有英雄主义色彩的神话,以适应新的社会与政治需要。在这种情况下,大屠杀幸存者的痛苦即使不会被从以色列人的日常生活中全部驱走,也要同主流的政治话语拉开距离,而在公共场合没有立足之地。②

奥兹在《忽至森林深处》中对以上的选择性忽略现象进行了象征性描写。作品中,人们对动物由存在到消失的过程和原因保持沉默,甚至决定忘掉,"或者出于震惊。或者出于耻辱。从那天起到现在,多数人倾向于什么也不讲。一个字也不讲。不论好坏。……实际上,他们情愿忘记。……他们最好不要记起。需要否认一切,甚至否认沉默本身,嘲弄那些仍然铭

---

① 钟志清:《"艾赫曼审判"与以色列人对大屠杀的记忆——读阿伦特〈艾赫曼在耶路撒冷〉》,《中国图书评论》2006年第4期。

② 同上。

记这一切的人"。① 小说中人们沉默的态度隐喻多数犹太人的态度：对于排犹与纳粹屠犹，相当长时间内，多数人倾向于保持沉默，什么都不讲。

幸存者自己也对大屠杀讳莫如深。首先是持久而强烈的恐惧感与失亲的巨大痛苦使幸存者抑制了对大屠杀的回忆。如《地下室里的黑豹》中，大屠杀问题在小主人公的家庭中是一个绝对的禁忌，只在建立以色列国的消息传播、父母情绪极端激动时该禁忌才被打破，而且仅限于家庭内部和夜晚时分：

>　　记得十一月末的那个夜晚，收音机中宣布联合国在美国一个叫成功湖的地方，决定让我们建立一个希伯来国家，即使是个分成三块的小国。爸爸凌晨一点钟从布斯泰尔博士家回来，他们都聚集在那里听收音机宣布联合国的投票结果。他弯下腰，用温暖的手抚摸我的脸庞。
>　　"醒醒。别睡了。"
>　　说着，他掀开我的被单，和衣上床躺在我身边。（他总是极其严格地主张，人不能穿平时的衣服上床。）他默默地躺了几分钟，仍然抚摸我的脸庞。我几乎不敢呼吸，突然他开始说起以前从未在家中提及的事，因为那是禁忌，说起我一直知道禁止问起的事情。你不可以问他，不可以问妈妈，通常，我们有许多事情，说得越少越好，事情也就了结了。他用忧伤的声音给我讲起他和妈妈在童年时代住在毗邻波兰

---

① ［以］阿摩司·奥兹：《忽至森林深处》，钟志清译，译林出版社2012年版，第18页。

的一个小镇上的情形。住在同一街区的恶棍们凌辱他们，野蛮地殴打他们，因为犹太人都很富有、懒散和狡猾。他们有一次在班上剥光他的衣服，是在健身房，是用暴力，当着女孩子的面，当着妈妈的面，笑话他受了割礼。他自己的父亲，也就是爷爷，后来被希特勒杀死的祖父，身穿西装、佩戴丝绸领带前去向校长告状，可是他离开时，恶棍们把他抓住，也用暴力剥光了他的衣服，是在教室，当着女孩子的面。依然用一种忧伤的声音，爸爸这样对我说：

"但是从今以后，将会有个希伯来国家。"他突然拥抱了我，不是轻轻地，而是热烈地。我的手在黑暗中打到了他高高的额头上，我的手指碰到的不是眼镜，而是泪水。我从来没看到爸爸哭过，无论在哪个夜晚之前还是之后。实际上，即便那时我也没有看到，只有我的左手看到了。①

类似的描写很多。《鬼使山庄》中的青年米提亚总在噩梦中惊叫再醒来；《爱与黑暗的故事》中，面对孩子对大屠杀的好奇询问，父辈只能艰难地说"我高兴，尽管你也不能理解这个，也就是说，我为什么为你不理解那种情形而高兴。我当然不愿意让你了解。因为不需要了解"②。

其次是因生存下来而产生的强烈自责感使幸存者抑制了往后数年的回忆，造成了他们反思的痛苦。《何去何从》中的大屠杀

---

① [以] 阿摩司·奥兹：《地下室里的黑豹》，钟志清译，译林出版社2012年版，第173—174页。
② [以] 阿摩司·奥兹：《爱与黑暗的故事》，钟志清译，译林出版社2007年版，第105页。

幸存者阿扎赖亚为自己单独活下来这一事实而痛苦,为洗掉自己活下来的"不光彩",为自己的幸存找到正当而光荣的借口,他在心灵深处反复改编自己的逃亡经历,之后再痛苦地在内心予以纠正、检讨。针对这些幸存者对大屠杀问题的回避现象,钟志清博士进行了相关研究:

> 诚然,以色列建国与大屠杀有着某种程度的关联,但是,幸存者希望在新的土地上获得新生,他们并不为过去的苦难经历感到骄傲,对过去梦魇般的岁月具有本能的心理抗拒。多数幸存者为了新的生存需要,不得不把对梦魇的记忆尘封在心灵的坟墓里。2002年4月,我跟随以色列教育部组织的学生代表团赴奥斯威辛的途中,认识了出生在匈牙利、现住在特拉维夫的大屠杀幸存者爱莉谢娃。她告诉我,在以色列建国之初不可能将自己在集中营的痛苦讲给别人,如果你这么做,人家会认为你是疯子,最好的办法就是保持沉默。幸存者作家阿佩费尔德曾说过,战后抵达以色列的最初岁月让人感到压抑,整个国家否定你的过去,在铸造你的个性特征时不考虑你曾经经历了什么,你是谁……"人的内在世界仿佛不存在。它缩成一团,沉浸在睡眠之中……存活下来并来到这里的人也带来了沉默。缄默无语地接受这样的现实:对有些事不要提起,对某些创伤不要触及"。[①]

[①] 钟志清:《"艾赫曼审判"与以色列人对大屠杀的记忆——读阿伦特〈艾赫曼在耶路撒冷〉》,《中国图书评论》2006年第4期。

犹太女性生存困境的文化阐释

官方舆论、幸存者与20世纪出生在巴勒斯坦的犹太人都在刻意回避纳粹屠犹问题，该问题成为20世纪巴勒斯坦犹太人生命中的"不能承受之重"。回避这一态度本身体现了犹太人生存的艰难与建国伊始犹太人面对沉重历史时的恐惧与无助。幸存者们经历的绝望、痛苦不能言说，也不可言说。

但奥兹触碰了这一巨大伤疤，间接描写了人们对纳粹屠犹的回避，对此当钟志清于2010年10月在波士顿向他提出时，他并没有否认。① 奥兹描写了大屠杀幸存者的遭遇，反映了这一遭遇产生的原因，同时曲折地表达了自己对这些"人类尘埃"的同情与理解，隐蔽地解构了犹太复国主义单一价值维度的神圣性，在实现祛魅的同时，表达了一个知识分子对幸存者的人文关怀。

奥兹笔下的犹太女性多是东欧移民及移民的后代，属于旧式犹太人这一阶层，其中相当一部分曾从大屠杀中幸免于难：伊兰娜是波兰移民；施罗密特的儿子大卫及其妻子和年幼的儿子全部死于大屠杀；范妮娅移民前居住在乌克兰的罗夫诺，后来那里没有一个犹太人活下来，范妮娅的初恋及后来的男朋友都死于大屠杀；《地下室里的黑豹》中普罗菲母亲的家族也遭遇了大屠杀。以范妮娅为代表的阿什肯纳兹中产阶级女性接受过良好的欧式教育，与拓荒者、革命英雄、体力劳动者们相去甚远，如范妮娅本人的价值观就与巴勒斯坦的阶层区隔格格不入：她崇尚平等和自由交流，"想要在人们和自己说话时安安静静，合情合理，不要

---

① [以] 阿摩司·奥兹：《忽至森林深处》，钟志清译，译林出版社2012年版，第109页。

第六章 犹太复国主义话语中的他者

横遭呵斥。她喜欢解释，也喜欢听人解释。她无法忍受命令。"①在性别与社会阶层的区隔作用下，这些女性始终处于社会的边缘地带。她们对自身的边缘地位，对复国主义的话语暴力与社会阶层区隔有着深切的感受与清醒的意识，其压抑感、厌倦感与日俱增。

布迪厄认为，在人类文化体系的各类场域中，在惯习的辅助作用下，由经济、文化、社会和象征等类型资本组成的符号系统承担了社会区隔功能。奥兹小说中犹太女性对欧洲的单恋，正是社会符号系统暴力统治的结果——欧洲社会拒绝了这些认同欧洲文化但兼具犹太身份的女性，犹太复国主义话语则强力抑制她们的欧洲特征、野蛮入侵其私人生活领域并将其边缘化——在文化场域各种力量的博弈中，身处巴勒斯坦但四处碰壁的犹太女性受制于惯习的约束，最终将精神归宿置于欧洲这一来处。对此，钟志清博士认为，奥兹小说中女性表现出的种种消极行为更多是文化选择而非情感选择。

> 奥兹亦曾描绘道：在基布兹，女子过的是苦行僧般的生活，其容貌令人难过，由于思想观念的原因，基布兹不容许女成员用化妆品来保护她们的容貌，你丝毫也看不到染发、胭脂、染过的睫毛或口红，她们虽然具有纯朴、天然的外表，但整体看来她们很像男人：她们充满自制力的多皱的面容，她们嘴周围的坚定的纹路，她们毫不娇美的黑皮肤，她

---

① [以] 阿摩司·奥兹：《爱与黑暗的故事》，钟志清译，译林出版社 2007 年版，第175 页。

们那灰色的或白色的或稀疏的头发。她们的步态,也像年纪大的男人们的步态一样,表达出内心的安全感和信心。乍看之下,这是一种男女平等,但实则透视出对女性权益的压抑。在这种环境中,《何去何从》中的女主人公伊娃决定离开基布兹的丈夫和儿女,与从德国前来度假的表兄私奔。小说并没有写伊娃对丈夫没有感情,也没有写她对表兄有任何感情,只写了后者对她充满了爱与依恋。因此,伊娃情愿与表兄私奔显然不是一种情感选择,而是一种文化选择。这便涉及奥兹多年关注的以色列文化与欧洲文化的差异问题。伊娃的抉择表面上看是个人选择,实际上代表着一批人,甚至几代犹太人的亲欧倾向。①

---

① 钟志清:《乌托邦社会的终结:奥兹与基布兹世界》,《中华读书报》2016年8月3日。

第七章

与被沉默者对话

前文中的三种现象——女性的被支配、被操纵，犹太人遭受诸种形式的迫害与同化，并为犹太复国主义这一单一价值维度所钳制——无疑都是在主客体二元思维模式下发生的。作为一个有着独立思考能力的社会活动家，奥兹在国际关系尤其是阿以关系上倡导对话原则，在犹太与非犹太的关系处理上秉持主体间性立场。作为一个有着独立思考能力的作家，奥兹浓墨重彩地描写了兼具多重客体身份的犹太女性群体及其生存困境，目的是倡导不同民族、文化、性别间的对话与主体间关系，探索不同民族、文化、性别对话与主体间关系的构建途径。

一 主体性困境与主体间性的提出

主体性问题一直是西方哲学的核心问题。在不同的历史条件下，主体性具有不同的理论内涵。在原始社会与宗教神学钳制人类思想的传统社会，人总体上处于前主体性状态。当人摆脱对他人的依赖，表现出自身的自主性、主动性、能动性和创造性时，就成为独立的主体，其作为主体在同客体的关系中所具有的性质就是主体性。[①] 随着现代社会的到来，人迎来了自己的主体性阶段。"主体性是现代性在人那里最主要的特征，而现代性则是现代社会的根本性质。"[②] 当传统意义上的主体性在发展中遇到困境时，主体间性的建构就被提上日程。

（一）主体性及其困境

主客体对立的二元论思维萌芽很早，如在古希腊，普罗泰戈拉提出"人是万物的尺度"，苏格拉底提出"认识你自己"的哲学命题，柏拉图构建出与自然世界对立的绝对的理念世界。在中世纪，基督教中的上帝成为西方世界的绝对主宰力量，人将自己置于绝对的客体地位。之后，针对上帝的绝对主体地位，文艺复兴、启蒙运动、法国大革命不断推进祛魅与消解神圣，思想家们以"人性""人权"逐步瓦解了"神性""神权"，自然科学与社会技术的进步又论证并强化了这些认识，人们逐渐将自己视为认识自然、改造自然的主体。培根提出"知识就是力量"，笛卡儿提出"我思，故我在"（ego cogito, ego sum），将人视为世界的主体。德国古典哲学家则真正确定了人的主体性地位。康德提出了"人是目的本身而不是手段"，费希特提出了"自我设定自身""自我设定非我""自我设定自我与非我的统一"三个命题，进一步强调作为主体的人在行动中的能动性和创造性。黑格尔将主体性（Subjectivitl）原则视为现代性的核心原则，并认为"主体性"

[①] 郭湛：《从主体性到公共性——当代中国马克思主义哲学的走向》，《中国社会科学》2008年第4期。

[②] 同上。

有被释放了的个人主义、批判的权利、行动自主性（行为自律）、理念化的哲学本身四个方面的具体表征。自此，"西方文化逐渐地用人类主体性代替了上帝"①。

但西方主体性观念及其理论从产生之日起就内蕴着一些难以解决的矛盾和问题。"把主体和客体分割开来建立起的思维方式导致了一个难题，即认识外在对象的可能性与主体的绝对被给予性之间的矛盾，产生了经验自我同'先验自我'难以取消的二元对立，造成了主体概念的唯我论色彩。这种思维方式绝不是万能的，由主体创造出来的思维方式却不适合于回过头来把握主体自身，依托于理性的主体观念急剧膨胀，进一步导致了主体与客体的二元对立、人与人的异化和西方的理性危机，从而显示出这种建立在以理性为核心的主客二分的主体性唯我论思维方式的局限性。"② 这些矛盾和问题不断被人类在征服世界的实践中制造的种种矛盾和问题所佐证，至此，主体性陷入困境。

在文艺复兴以来的西方思想中，神的主体性逐渐被人的主体性所取代。有时，人的主体性被强调到了几乎无以复加的程度，仿佛整个外部世界都是人所征服、所奴役的对象。在此历史进程中，科技进步无疑起到了助长人的主体力量的作用。但到19、20世纪之交时，科技进步在助长人的生产力提高的同时，它在环境污染、生态破坏等方面的副作用也日

---

① ［美］罗蒂：《后哲学文化》，黄勇编译，上海译文出版社1992年版，第174页。
② 孙庆斌：《哈贝马斯的交往行动理论及重建主体性的理论诉求》，《学术交流》2004年第7期。

益显露出来。在这时，开始出现了对科技进步持怀疑和批判的观点，人的主体性的地位也逐渐受到怀疑。第一次世界大战，是人类第一次大规模地采用现代科技从事战争杀戮的行为，它对于否定人的主体性无疑有着推波助澜的作用。法国学者、早期思想中曾存在有结构主义倾向的福科曾回顾说，他的一代对生活现实的兴趣已不及对概念和系统的兴趣，如果说近代以来的思想主潮是用人来代替神的主体性，那么，福科的一代则是用无作者思想、无主体意识、无同一性理论来代替神。这里，实际上通过张扬结构系统自身的自主、自足特性来代替了人的主体能动性，体现了当代西方哲学"语言论转向"之后思想界的主体性消释趋势。[①]

人们从解构主客体二元论开始，寻找解决哲学与现代社会主体性困境的方式。尼采以"上帝死了"来否定主体性原则，弗洛伊德的潜意识理论和精神分析学说对人类理性进行了彻底的否定。福柯、利奥塔、德里达等学者彻底颠覆了启蒙和现代性的价值，消解了现代性的核心原则：主体性原则。但后现代主义在把主体性彻底消解之后，却陷入虚无主义和无政府主义，主体性困境达到了顶点。

（二）主体间性的理论探索

现代西方社会出现了世界大战、经济危机、环境污染等严重的社会危机，这些危机又与启蒙、现代性、主体性危机交织在一

[①] 朱立元：《当代西方文艺理论》，华东师范大学出版社1997年版，第230—231页。

起。面对主体性被消解后出现的虚无主义和无政府主义等问题，哲学家与社会学家不断探索主体性问题的解决方式，主体间性理论被提出并获得长足发展，学者们试图以主体间性来解决主体性所遭遇的困境。"现代西方哲学中的主体间性转向既与西方近现代的主体性哲学自身的逻辑矛盾有关，又与西方近现代的人类社会所面临的历史危机不无联系。可以说，正是对人类所面临的诸如工业异化这些特定的社会历史境遇的深刻反思，使人们开始意识到，单向的主客关系的取向和建立在这一主客关系上的认知的及工具的合理性的努力，既不可能真正给人带来全面的、实质的自由和幸福，也不可能真正解决人类社会的尖锐的、深重的社会冲突。"①

在探索阶段，费希特对自我意识的研究中已经包含了主体间性问题研究的因子；胡塞尔对康德的"先验统觉"概念进行了进一步拓展，提出了"类比的统觉"概念，他重视自我与他人之间的认识上的联系：通过"类比的统觉"，即"视域互换"的"共同呈现"（Appresentation），自我与他人相互认识、自我与他人对于客观对象的认识上实现认同；海德格尔也认为自我与他人在对客观对象的工作论上存在认同。马丁·布伯（Martin Buber）对话哲学（Philosophy of Dialogue）理论的提出使主体间性理论真正成立。布伯认为，人与外在世界的认识、利用关系构成"我—它"关系，在这一关系中，人将外在世界视为自己认识和利用的对象。当人视外在之物为与自己相同的主体而非对象时，人与外在世界

---

① 张再林：《关于现代西方哲学的"主体间性转向"》，《人文杂志》2000年第4期。

建立了"我—你"关系,即谈话关系。"我—你"关系和对话原则存在于人际关系中,也存在于人与世界的关系中;人与对象、人与物间的关系应让位于人与人的关系。人的存在的本真性取决于他是否能够进入真正的"对话生活","对话"就是真正的"相遇";而"我—它"关系则是"独白","独白"使人"失之交臂",造成生活的悲剧。①"在布伯的学说里,其已不再从传统的'自我'出发而是开始从'我们'这一哲学新理念出发,其已不再以主客关系模式来间接地构筑主体间关系模式而是第一次以主体间关系本身来直接地构筑主体间关系模式。"② 因此,布伯的对话原则"使西方哲学家所久违了的'爱'的原则开始重返现代西方哲学的本体论领域,因为一种视为如己,视物如己的'爱'的原则恰恰是互主体性原则的体现。"③ 之后的哈贝马斯认为,个体性主体的膨胀制造了启蒙和现代性的困境,解决方式是建立交往理性,相应地,主体性应该被复数的主体间性或交互主体性取代。在主体间建立对话关系是主体间性或交互主体性建立的基础。哈贝马斯主张通过建筑在"真实性、正确性、真诚性"三大有效性要求之上的话语共识的达成来重建交往理性,并将交往有效性要求和规范的恪守提升到社会伦理原则的高度。④ 在主体间性理论视阈中,主体与主体间不再是主客体关系,而是平等的对话关系,故学者们又将主体间性命名为"交互主体性",认为该

---

① 冯利苹:《皈依"永恒之你"——易卜生〈玩偶之家〉与阿摩司·奥兹〈等待〉中的对话哲学》,《牡丹江大学学报》2011年第9期。
② 张再林:《关于现代西方哲学的"主体间性转向"》,《人文杂志》2000年第4期。
③ 同上。
④ 章国锋:《哈贝马斯访谈录》,《外国文学评论》2000年第1期。

表述以主体与客体的关系为背景，既描述了"主体性"的内涵，又突出了主体与主体的相互承认、相互沟通、相互影响。[①]

值得注意的是，女性主义对主体性哲学有一种天然批判力，原因在于女性于两性中处于客体地位，是相对于男性的客体与他者，因此具备了边缘化益处，比作为主体的男性对主体性问题拥有了更高的敏感度。诸多女性主义学者呼吁两性主体间性的建立，并以性别维度为起点对主体性进行批判。如波伏娃把作为客体的他者（the Other）从女性推广到了种族、民族等更广阔的社会领域。黑格尔《精神现象学》曾分析，在对"物"的关系上，主人比奴隶有更大的依附性，或者说奴隶有更大的独立性，又因奴隶才是"物"的直接创造者并代表了"物"，主人对奴隶有着更强的依赖性。桑德拉·哈丁援引这一逻辑，并将其应用于女性主义及种族、文化和其他领域，认为身处他者地位的女性及其他群体更能为主客体二元对立问题提供解决方案。后期女性主义者则更彻底地否定了以女性本质主义（Female Essentialism）为代表的二元论。"女性主义与后现代主义之间的呼应、援引、互诘，直接推进了哲及社会人文领域的后现代转向。"[②] 其转向之一便是哲学上的主体间性转向。

二 倡导对话的奥兹

奥兹是一位倡导对话的作家。他并不从传统的善恶价值维度

[①] 郭湛：《论主体间性或交互主体性》，《中国人民大学学报》2001年第3期。
[②] 王宏维：《论他者与他者的哲学——兼评女性主义对主体与主体性哲学的批判》，《江西社会科学》2004年第4期。

来创作小说，其小说注重表现差异以及差异所造成的种种问题，探索差异的处理和诸种问题的解决方式。奥兹曾坦言"成就伟大的文学作品的奥秘，就是作家以另外的眼光、立场来审视自己"①。"好的小说是百味杂陈的，它不是黑白分明的，也没有对与错，处在爱与黑暗之间。在我看来，好小说不是好人与坏人之间的故事，而是好人与好人之间的冲突与战争——这是我在许多小说里不厌其烦讲述的。"② 学者郑丽运用马丁·布伯的对话哲学分析奥兹的小说，认为奥兹的小说因探讨了对话这一冲突和分歧的解决方法而具备了深邃的哲学思考和深切的人文关怀。③

（一）主体间性立场

母亲的早逝使奥兹很早便有了独立的思考能力与判断能力。作为一位社会活动家，奥兹对冲突与矛盾的思考中存在着主体间性立场。他能够不囿于流俗，并能突破犹太复国主义主流意识形态的既有局限去思考问题、分析问题，寻找问题的解决方式。

> 我很小的时候由于受父亲家族右翼人士的影响，是个小民族主义者，小爱国主义者，认为犹太人都是对的，而其他世界都是错的，非常简单化，一刀切。可是当我十二岁多的时候，我母亲突然自杀身亡，我开始反叛父亲的世界，也反叛他的政治信仰。从那以后，我开始从伦理道德角度思考巴

---

① 邢宇皓：《阿摩司·奥兹：在爱与黑暗中独自穿行》，《光明日报》2007年9月18日。
② 李宗陶：《诺贝尔提名作家奥兹讲述好人之间的战争》，《南方人物周刊》2007年第23期。
③ 参见郑丽《生活乃是对话——阿摩司·奥兹〈等待〉中的对话哲学》，《外国文学》2010年第2期。

以两个民族这一错综复杂的问题。也许最后这两个民族能够找到一种相互妥协的方式，达成和解。①

1. "现在就要和平"与"两个受难者的冲突"

曾亲历过1967年"六·五战争"和1973年"十月战争"的奥兹，对于战争给阿犹两大民族带来的创痛没齿不忘。战争激发了他对和平的渴望，他立志要为推动以巴和平进程而努力。1978年奥兹参与发起了"现在就要和平"运动，并成为该运动的领导人之一，他还是最早提出以色列和巴勒斯坦在同一块土地上建立各自国家的政治主张者之一。"我的书桌上有两支笔，一支用来写故事，另一支用来写政论随笔——告诉政府我的愤慨。"② 奥兹犀利的文字在以色列引起广泛反响，奥兹也因在推动和平进程中的勇气和对公众的感召力而被誉为"以色列的良心"。

> 他一直主张阿拉伯和犹太两个民族不要冲突、不要战争，而是要民族和解、和平共处。实现这一目标的途径，就是反对任何形式的民族狂热与极端思想，建立以色列和巴勒斯坦两个主权国家。他这一主张，在以色列有广泛的民意基础，在阿拉伯世界受到广泛的好评。在阿以问题上持温和态度的埃及诺贝尔文学奖获得者马哈福兹，持强硬态度的巴勒斯坦著名诗人达尔维什，都曾说过，在以色列

---

① 钟志清：《阿摩司·奥兹以写作寻求心灵宁静》，《中华读书报》2007年8月29日。
② 王小光：《用文学架起心灵之桥——访以色列著名作家阿摩司·奥兹》，《人民日报》2007年9月19日。

作家当中,奥兹"最具有良知","其政治眼光之远大超过任何政治家"①。

反对民族狂热和极端主义思想的奥兹对阿拉伯世界并不心存偏见。他认为阿拉伯世界和犹太世界是一个父亲的两个孩子,两者间的冲突是两个受难者之间的冲突。奥兹本人一直在为改善阿以关系、推动阿以和平努力,他的主张和行动赢得了越来越多的认可,其中包括阿拉伯人的认可。

> 以色列犹太人和巴勒斯坦人过去都是欧洲的受难者。欧洲用帝国主义、殖民主义、剥削和镇压等手段伤害、羞辱、压迫阿拉伯人;也是同一个欧洲,欺压和迫害犹太人,尤其是在大屠杀期间,欧洲人屠杀了三分之一的犹太人,所以以色列和巴勒斯坦之间的冲突就是两个受难者之间的冲突。我知道,两个同受到同一压迫者压迫的受难者应该团结起来,但是在现实生活中,情况却不是这样。两个同属于一个父亲的孩子相互之间没有爱,相互报以仇视,可以用这种比喻来形容以色列和巴勒斯坦之间的关系。以色列人把巴勒斯坦人当成欧洲纳粹的翻版。巴勒斯坦阿拉伯人并不认为我们是来自欧洲的难民,而是把我们视为欧洲殖民主义的另一个缩影,是曾经迫害过他们的欧洲殖民主义者的一个象征。②

---

① 钟志清:《奥兹作品研讨会》,见钟志清《"把手指放在伤口上":阅读希伯来文学与文化》,中央编译出版社 2010 年版,第 158 页。
② 钟志清:《奥兹在社科院的演讲》,见钟志清《"把手指放在伤口上":阅读希伯来文学与文化》,中央编译出版社 2010 年版,第 153 页。

第七章 与被沉默者对话

殊不知，把《爱与黑暗的故事》的翻译成阿拉伯文这一事情的背后，便隐藏着一个同样发人深省的凄美故事：三年前，一个名叫乔治·胡里的阿拉伯小伙子在耶路撒冷郊外开车，被恐怖主义分子当成犹太人，头上中弹身亡。这个小伙子的家庭非常富有，他的父母在他死后，决定出资把《爱与黑暗的故事》翻译成阿拉伯文，以纪念他们被恐怖分子杀害的儿子。小说的阿拉伯文版献词上会写道："谨以此书纪念乔治·胡里，一个阿拉伯年轻人，被阿拉伯恐怖分子当成犹太人而遭到误杀。希望以此增进阿以两个民族之间的相互理解。"也许，确如奥兹与莫言所说，在《爱与黑暗的故事》中的所有版本中，阿拉伯文版本最为重要，能在某种程度上促进两个民族之间的和解，进而揭开犹太历史的新页。[①]

奥兹在很多作品中都或曲折或直接地表达了他的立场与观点，反对极端民族主义与其他极端主义。在《我的米海尔》中，米海尔发表比较极端的爱国宣言后，妻子汉娜的反应是目不转睛地看着他，好像他突然开始讲起了梵文。因"揭示出了我们时代最紧迫和最普遍现实中的某些真相，亦对捍卫不同群体间的和平，谴责一切形式的极端主义多有关注"[②]，奥兹获颁阿斯图里亚斯亲王奖。

[①] 钟志清：《关于奥兹在中国的经典化问题》，见钟志清《"把手指放在伤口上"：阅读希伯来文学与文化》，中央编译出版社2010年版，第202页。
[②] 康慨：《阿摩司·奥兹：文学永远是化敌为友的桥梁》，《中华读书报》2007年10月31日。

2. 奥兹小说：微观层面上进行的解构

作为一个作家，奥兹成功地将其思考和立场置入小说中。首先，奥兹从描摹敌对阵营中具有美好人格的善良个体入手，不断瓦解二元思维方式、民族狂热与极端主义的微观基础。众所周知，其史诗性作品《爱与黑暗的故事》"展示了犹太民族与阿拉伯民族从相互尊崇、和平共处到相互仇视、敌对、兵刃相见、冤冤相报的错综复杂的关系，揭示出犹太复国主义者、阿拉伯民族主义者、超级大国等在以色列建国、巴以关系上扮演的不同角色"①。作家在小说中讲述了两个与阿拉伯人有关的故事，以求启迪读者思考阿以冲突问题。第一个故事中，三岁多的小主人公因迷路被困在漆黑的储藏室，一位阿拉伯工友解救了他，工友如慈父般和蔼，带给主人公父亲般的安全感。在第二个故事里，八岁的主人公到阿拉伯富商的庄园做客。以犹太民族代言人自居的他向一位阿拉伯小姑娘宣讲两个民族睦邻友好的道理，之后爬树抡锤展示令自己自豪的新希伯来人的风采，但误伤小姑娘的弟弟，造成其终生残疾。数十年之后，作家仍旧牵挂着这些令他铭心刻骨的阿拉伯人的命运：不知他们是流亡异乡，还是身陷某个破败的难民营。《地下室里的黑豹》中，巴勒斯坦托管时期尤其是托管后期，英国人与犹太人矛盾激化，双方关系剑拔弩张，暗杀、爆炸、宵禁与搜查在犹太人生活中频繁上演。但宵禁期间小主人公被英国士兵所救并护送回家，英国士兵给予小主人公异样的温暖：

---

① 钟志清：《旧式犹太人与新型希伯来人》，《读书》2007年第7期。

第七章　与被沉默者对话

他柔软的手一度从我的后背移到脖颈，轻轻拍了我两下，又放回到我的肩膀上。我爸爸少有几次把手放在我的肩膀上。他这样做的目的是说：再想想，用理性来掂量掂量，确实，请改变一下想法。可是，邓洛普军士的手多多少少在对我说：在这样一个黑暗的夜晚，两个人最好在一起，即便他们是敌人。[①]

其次，奥兹注重寻找并描写势同水火的对立双方间的灰色地带，以展示双方的相似性、互补性与依存性，从而消解二元对立的逻辑本身。如寓言式作品《忽至森林深处》中，奥兹描摹了村民们与受迫害者二元对立关系中的灰色地带，即内心对彼此的隐秘思念，对彼此和谐关系的隐秘向往："一些父母，在没有任何前兆的情况下，突然被一阵强烈的渴望或悲伤攫住，开始为孩子们模仿动物的叫声"[②]；"村民们记忆的扭曲与错乱很是奇怪……他们决定最好忘记的东西会从忘却中升起，似乎故意让他们心烦意乱"[③]；孩子们对"不存在"的动物们产生模糊的渴望。尼希夜晚常常去村里游荡，因为他在山中时忧伤不已，尽管他热爱动物，尽管山中奇妙无比。他愿意倾听村民简单的日常谈话并会为之泪流。

[①] ［以］阿摩司·奥兹：《地下室里的黑豹》，钟志清译，译林出版社2012年版，第49页。
[②] ［以］阿摩司·奥兹：《忽至森林深处》，钟志清译，译林出版社2012年版，第34页。
[③] 同上。

因为隔着窗帘听爸爸在就寝时给女儿念故事,或者听妈妈坐在幼子的床边哼唱令尼希年老的心突然感到一阵痛楚的摇篮曲是件幸事。有时,他喜欢透过半开半掩的窗子听一对疲倦的夫妻在温暖的房间里边喝夜茶,边进行就寝前的交谈。喜欢当他们在夜深人静之际坐着看书,喜欢某座房子里的人偶尔在交谈时打动尼希心灵令之流泪的几句话。这只是些简单的话,好比说:你知道,你穿那件花色睡袍真可爱。或者是:我非常高兴你今天终于下去把地窖的台阶修好了,谢谢。或者是:你今夜就寝时给儿子讲的故事很美,令我想起了自己的童年。①

这一灰色地带之所以存在,是因为双方在本质上有很多共同的心理需求,彼此不能分割;分裂之后两方都处于不完整的状态中。奥兹对这一灰色地带的描写隐喻人类对群体间、对人与自然间和谐关系本能的向往,更隐喻了普遍意义上的主客体二元对立关系的失败。

相似的灰色地带在奥兹作品中反复出现,尤其是反复出现在对英军搜查场景的描写和对英国士兵的描写中。《列维先生》中,英国士兵及其搜查行为并不粗暴,士兵们表现得彬彬有礼,对自己必须执行的搜查行动本身深表歉意。奥兹对搜查场景的描摹向人们展示了敌对双方对文化、艺术、友好关系和美好生活的向往与呵护。

---

① [以] 阿摩司·奥兹:《忽至森林深处》,钟志清译,译林出版社2012年版,第93页。

第七章　与被沉默者对话

士兵们一个书架挨着一个书架仔细检查，小心地将《比亚里克诗全集》和《文学精选》移到一边，看后边有没有藏东西。他们打开琴盖，在琴弦之间嗅来嗅去；摘下拓荒者犁田的画，用手敲打墙壁，细听发出的声音。肖邦的胸像也被举起来，然后又被恭恭敬敬地摆回去。连长说了声对不起，希望母亲能够满足他的好奇心，他想知道这是谁的胸像，上面写的话是什么意思。母亲为他翻译，"谨献上我一颗炽热的心，直到我停止呼吸。"

"真的很对不起。"连长诚惶诚恐地说，像是无意中冲撞了某种宗教仪式或者猥亵了一个圣物。

……连长认为够了。他就所引起的不愉快向我们表示道歉，希望情况很快好转。一个士兵叫我"童子军"，另一个士兵打了个嗝，引来连长谴责的眼光。①

类似的搜查也出现在《地下室里的黑豹》中。不远万里背井离乡来此服役的英国士兵们带着单身汉的疲沓、懈怠和邋遢出现在犹太人的房子里。这些带着典型的世俗特征和浓厚生活气息的闯入者们并未气势汹汹、面目狰狞，并未以敌视的态度或高度的警惕性来针对普通犹太市民。他们尊重人并渴望被尊重。

我吃惊地看到他们只有三个人：两个普通士兵（其中一人脸上有块烧伤的疤痕，因此半边脸是红的，像屠夫的肉），

---

① ［以］阿摩司·奥兹：《鬼使山庄·列维先生》，陈腾华译，南海出版公司2006年版，第92—93页。

一个窄胸、瘦长脸的年轻军官。三个人都身穿长短裤,卡其色的袜子与短裤在膝盖附近几乎交会。两个士兵手持冲锋枪,枪管冲着地面,仿佛低垂着眼帘,确实不光彩。军官拿着一把手枪,也把枪口朝下;手枪看上去与邓洛普军士的手枪一模一样。

爸爸在说"请进"时,带着尤为明显的殷勤。瘦军官惊诧片刻,仿佛爸爸的殷勤把搜查这户人家变成了极其粗鲁的行动。他为这么早就来打扰我们请求原谅,解释说,不幸的是,他有责任迅速查看一下,弄清一切是否正常。他不假思索地把手枪放回枪套,扣上扣子。①

为了展示更具有普遍性的人物特征,奥兹在描写搜查场景之外,还采用陌生化手法,以儿童的视角描摹了英军士兵个体的日常。在这些描写中,可怕且可恨的民族敌人中的一分子,士兵邓洛普个人,根本不是什么"背信弃义的阿尔比恩",② 只不过是一个来自坎特伯雷、讲《圣经》希伯来语、崇拜古老的犹太文化、热爱耶路撒冷、被烟火气缭绕的普普通通的善良庸人。该个体甚至为巴勒斯坦与阿以关系的未来发展而忧心忡忡。仇恨至此被彻底解构,极端主义与狂热变得毫无意义。

---

① [以]阿摩司·奥兹:《地下室里的黑豹》,钟志清译,译林出版社 2012 年版,第 130 页。
② "背信弃义的阿尔比恩"是奥兹小说中经常出现的标语内容,出现于英国托管巴勒斯坦、英国与犹太人矛盾激化时期。该类标语常由地下活动者粘贴。奥兹在《爱与黑暗的故事》《鬼使山庄》《地下室里的黑豹》等多部作品中都描写了这类地下活动。

第七章 与被沉默者对话

那是一位笨拙、有些虚弱的英国警察。刻有他身份号码的金属徽章在双肩上闪闪发亮。帽子歪戴着。我们都喘着粗气。脸上汗水淋漓。他的土黄色短裤垂到了膝盖,土黄色的长袜拉到了膝盖。介于土黄色短裤和土黄色袜子之间的膝盖在黑暗中一闪一闪的,显得丰满而柔和。①

他在耶路撒冷警察局当会计,带薪职员。偶尔遇到紧急情况,他会被派去给哪个政府部门站半夜的岗,不然就是在某个路口查验身份证。这些详情一经他的口说出,便被我镌刻在了记忆中。晚上,在家里,我把这些都记在了一本本子上,为"霍姆"组织司令部多储备一些信息。邓洛普军士对朋友和上司们的花边新闻津津乐道:谁吝啬,谁是花花公子,谁是马屁精,谁最近换了剃须水,刑事调查部门的头目不得不使用去屑香波。这些细节令他咯咯直笑,这使他有些不好意思,但是难以自拔。军士长本特利给帕克上校的秘书买了银手镯。诺兰女士请了新厨子。每当伯尔德上尉进门,舍伍德夫人就会厌恶地离开房间。②

一个偶然的机会,邓洛普军士对我说,依他看来,英国托管结束后,一个希伯来国家将会在这里建立起来,先知的预言化作了现实,与《圣经》中的记载一模一样,可是他为迦南人感到难过,他指的是当地的阿拉伯人,尤其是村民。他相信,英国军队走了以后,犹太人会崛起,打败他们的敌

---

① [以] 阿摩司·奥兹:《地下室里的黑豹》,钟志清译,译林出版社2012年版,第43页。
② 同上书,第39页。

人，石造村庄会毁于一旦，田野和花园将会成为胡狼与狐狸出没的地方，水井将会干枯，农夫、村民、拾橄榄的、修剪桑树的、牧羊人、放驴的都将会被赶进荒野。也许是天意使之代替犹太人变为受迫害的民族，犹太人最终回到了自己承袭的地盘上。"上帝之路太奇妙了。"邓洛普军士说，伤心中夹杂着些许惊讶，好像他突然得出良久以来等待他得出的结论，"罚其所爱，爱之绝之。"①

最后，奥兹还在作品中为主体性问题的解决提供方法论指导。如《忽至森林深处》中勇敢的和平使者玛雅与马提想打破尼希和村民间的对峙关系，他们请求尼希带动物们回到村子里，使双方不再过孤寂的生活。尼希对此颇为神往但也疑虑重重："要是他们再嘲笑我，或者伤害我，怎么办？当我突然产生复仇的冲动，想伤害某个人，或者做坏事，又会怎样？……要是……他们又开始殴打谩骂狗，用皮鞭抽打野猫……怎么办？……当然了，要是奶牛、马、给他们下蛋的鸡、山羊、野鸭、绵羊、鸽子回来，他们会高兴的……可是老鼠和昆虫怎么办呢？斜齿鳊、蚊子和家里的蜘蛛会怎么样呢？尼米在那里会怎么样呢？还有我？"② 奥兹潜在的观点是，人视自身为主体、视异己力量为客体和对象的现象不改变，人类各群体间、人与自然界间根深蒂固的各类冲突和矛盾便解决不了。

---

① [以] 阿摩司·奥兹：《地下室里的黑豹》，钟志清译，译林出版社 2012 年版，第 102—103 页。
② [以] 阿摩司·奥兹：《忽至森林深处》，钟志清译，译林出版社 2012 年版，第 102—103 页。

第七章　与被沉默者对话

奥兹在其小册子《如何医治狂热病》中曾指出，狂热病极为顽固，比人类的许多弊病都要古老。狂热病钳制的是多元的价值观，务实态度屡屡被其压制。奥兹在讲演中引用过朋友的一段故事用以说明"设身处地"是消除狂热的基础：

> 麦克有次和出租车司机聊起时事，司机对阿拉伯居民十分仇恨，并嚷嚷要把阿拉伯人全部杀光，麦克就问，那么该由谁来充任杀手呢？司机叫起来："我们啊，全体犹太人！"但总得有人干具体的活计吧，司机愣了半晌，做出这样的建议：每人包干一栋楼。麦克于是继续套问司机，假设了这幅情景：麦克提着刀，挨家挨户在他包干的那栋楼里搜寻阿拉伯人，见一个杀一个，最后他干完了正往下走，忽然听到有阿拉伯婴儿在啼哭，显然是条漏网的小鱼，于是麦克问司机："我是否得回去把小家伙也宰了？"司机听得毛骨悚然，结巴着说，"麦克，你可真够残忍的！"[①]

作家在《忽至森林深处》中开辟了一块"试验田"即尼希所在的山林中的小世界。这个小世界里动物之间、动物与人之间和平互助，充满了爱与真诚。作家借此表明：只有建立主体间性，人与人、人与自然间的和谐共生关系才能建立起来，但主体间性与和谐关系的建立需要各方共同努力：

要视彼此为共生体的一部分，尊重现实存在的多样性与差异

[①] 孙涤：《看奥兹怎样诊治狂热病》，《南方周末》2007年11月15日。

性。作品描写被人类世界歧视的尼希在动物世界里找到安身之所。这个世界里人与动物、动物与动物之所以可以和谐相处，是因为动物尊重彼此的差异：小说中动物的语言有人类语言的很多含义，但是"没有任何生物的语言具有羞辱人、嘲笑人的含义"。① 而"任何取笑或伤害另一位乘客的人，马提说，确实很蠢，他伤害了整艘船。毕竟，这里没有另一艘船"。② 人类和大自然本质上是一个整体，不同的种族、不同的民族、不同的人类群体本质上也是一个整体。种族、民族与其他群体的多样性与差异性使人类文化五彩缤纷、绚烂无比，不同民族、种族与群体的文化共同构成了人类文明。奥兹批判否定差异的行为，认为这种行为破坏了整个和谐共生体。

要消除把异己力量对象化、客体化的思想与行为。奥兹在《忽至森林深处》中描绘了一个没有杀戮、没有争端的乌托邦，即尼希管理的动物世界。在这个世界里动物间的食物链被彻底斩断，因为尼希发现并培育出了牛肉味的浆果，解决了动物间的弱肉强食问题。以牛肉味浆果来斩断食物链的试验成果也适用于人类社会：彻底打破主客体二元关系，不同群体间的矛盾与争端才能获得和平解决。牛肉浆果因此也可以被视为奥兹政治主张的象征物，象征奥兹以主体间性哲学为基础的和平解决争端的主张。

在行动上，奥兹倡导"茶匙精神"（the Order of Teaspoon），即"有可为"的积极态度：火灾发生时有水喉固然好；如果没

---

① ［以］阿摩司·奥兹：《忽至森林深处》，钟志清译，译林出版社2012年版，第81页。
② 同上书，第32页。

有，那么水桶、水盆都好；但要是你只有一把小茶匙，也一样可以参加救火。如果每一个有良知的人都能尽其绵薄，那么世界上的许多冲突和灾祸都将缓解甚至消弭。①《忽至森林深处》中乌托邦的坚实基础——牛肉味浆果存在于大自然当中，经过培育才得以推广，奥兹以此隐喻，只有经过各民族、种族、群体共同努力，真正的主体间性才能建立，各民族、种族、群体间的和谐，人与自然间的和谐才能真正实现。

（二）对两性主体间性的倡导

奥兹作为一个密切关注人类个体生存状况并有着女性想象自觉的作家，其作品对女性所处政治、宗教、文化、性别等场域中的权力运作的自觉披露，体现了他对男女两性主体间性的自觉倡导。

1. 女性作为启蒙者

在女性观上，奥兹反对女性主义本质论。奥兹称"我爷爷92岁的时候，我36岁。有一天他跟我坐下来谈论女人，那时候我已经有两个女儿，也许他觉得是时候了。25岁的时候，我觉得我非常懂女人，我懂得她们的心思，现在我老了，却不敢乱说了女人在哪些地方与男人一样？何处又不同？这些问题永远值得追问"。②"永远追问"的态度体现了奥兹女性观上的客观、辩证态度，使其笔下的女性真实、生动、立体，其小说充满着人文关怀。

奥兹本人尊重女性及其智慧，其笔下的女性往往承担着启蒙

---

① 孙涤：《看奥兹怎样诊治狂热病》，《南方周末》2007年11月15日。
② 李宗陶：《诺贝尔提名作家奥兹讲述好人之间的战争》，《南方人物周刊》2007年第23期。

者的角色，启迪作品中的男性角色摆脱狂热、偏执与二元论思维模式，学习倾听与交流。

首先，奥兹小说中的女性秉持多元化观念，并能引发人们对二元对立关系的质疑。《地下室里的黑豹》中的故事发生于以色列建国前夕，英国托管巴勒斯坦的最后阶段。在父母地下抗英活动和学校等组织民族主义宣传的影响下，十二岁的男孩普罗菲与小伙伴们成立了名为"霍姆"（希伯来语意为"自由还是死亡"）的"秘密组织"，希望通过该组织的活动——如拆下旧冰箱的马达组装火箭并进攻白金汉宫——把英国人赶出犹太人的领土。普罗菲把自己比喻为"地下室里的黑豹"，把自己定位为要为信念而献身的英雄。但在宵禁的夜晚他被邓洛普所救，之后还被他吸引，答应与其换课（相互学习英文和希伯来文），甚至天真地想借机向邓洛普套取情报以完成自己的民族主义理想。但普罗菲不知不觉间与善良和蔼的邓洛普建立了友谊，导致小伙伴们在他家墙上写下"普罗菲是卑鄙的叛徒"的标语。这让普罗菲苦恼不已，他不仅询问父母、翻阅百科全书查找叛徒的含义，还站在镜子前审视自己是否长了一副叛徒的模样。"霍姆"组织甚至对普罗菲进行了审判：

> 本庭相信做出了合理的判决。是这样。这是因为你普罗菲爱敌人。爱敌人嘛，普罗菲，比泄密还要糟糕。比出卖战斗者还要糟糕。比告发还要糟糕。比卖给他们武器还要糟糕。甚至比站到他们那一边、替他们打仗还要糟糕。爱敌人乃叛变之最，普罗菲。过来，奇塔。我们走了。就要宵禁了。

和叛徒吸一样的空气不利于健康。①

判词出现了爱与背叛的悖论，非此即彼的二元对立色彩浓厚。爸爸作为男性的代表将"叛徒"界定为"一个没有廉耻的人。一个偷偷地、为了某种值得怀疑的好处、暗地里帮助敌人，做有损自己民族的事或伤害家人和朋友的人。他比杀人犯还要卑鄙"。② 相比之下，女性的观点是建立在对普遍人性的客观认知基础上的，更富有人文色彩，并从根本上否定了男性的理论逻辑。普罗菲暗恋已经成年的姑娘雅德娜，向其倾诉所有的烦恼以寻求帮助。雅德娜在作品中实际上承担了普罗菲精神导师的职责。针对叛徒这一问题，雅德娜的判断与男性的判断相左，"你跟我说的那个军士，似乎真的很好，他竟然连孩子都喜欢，但是我认为你不会有什么危险。"她反对极端主义并开导普罗菲远离仇恨：

"你又来了，"她说，"像'战斗锡安之音'那样讲话。你不是地下工作者。你和本·胡尔，还有他叫什么来着，另一个，小猴子。地下工作者是完全不同的东西。可怕的东西。危害性极大的东西。即便真的是别无选择，你必须去战斗，地下工作者也是极有害的。此外，那些英国人也许很快就会卷铺盖回家。我只希望他们走了以后，我们别后悔，痛悔。"③

---

① ［以］阿摩司·奥兹：《地下室里的黑豹》，钟志清译，译林出版社 2012 年版，第 82 页。
② 同上书，第 2 页。
③ 同上书，第 154—155 页。

在普罗菲的家庭中，启蒙者这一职能被母亲这一女性角色承担。母亲告诉儿子，未来男性世界的一员，"一个会爱的人不是叛徒"；① 英国士兵只是被战争折磨的可怜年轻人；不管曾经遭受过什么样的伤害，人们都要学会原谅，不要被仇恨吞噬。

爸爸通常这样形容英国人："那些妄自尊大、蛮横无理的人，那副做派就像他们拥有整个世界。"我妈妈曾经说："他们不过是一心想着啤酒的年轻人，恋家，渴慕女人，盼着放假。"②

"可是最终，我们会原谅我们的敌人，还是不原谅？"

妈妈说：

"是的。我们会原谅。不原谅就像一剂毒药。"③

母亲为普罗菲打开了一扇窗子，使小主人公得以看到被仇恨笼罩、被二元思维钳制的周遭世界之外的世界，使其从仇恨与极端的世界得以脱身。

在雅德娜与母亲两位女性的影响下，和解、让步、理解与沟通成为普罗菲理想生活画面的底色和必要组成部分：

我们为什么不能在东宫的后屋搞一次聚会，邓洛普军士、爸爸、妈妈、本-古里安、本·胡尔、雅德娜、大穆夫

---

① [以] 阿摩司·奥兹：《地下室里的黑豹》，钟志清译，译林出版社 2012 年版，第 3 页。
② 同上书，第 49 页。
③ 同上书，第 86—87 页。

提哈吉·阿明、我的老师吉鸿先生、地下组织的领导人、拉扎鲁斯和最高长官,我们所有的人,甚至包括奇塔、他的妈妈和两位轮流上岗的爸爸,聊上一两个小时,最终达成相互理解,相互做出一些让步、和解与原谅?我们为什么不能一起去往小河的岸边,看看蓝色的百叶窗是否被冲了回来?①

那时我的脑海里浮现出这样一幅画面,一幅准确、具体、详细的画面:爸爸、妈妈,还有邓洛普军士在星期六上午一起坐在这个房间里喝茶,用希伯来语谈论《圣经》和耶路撒冷的考古遗迹,用拉丁语或古希腊语争论希腊人运送礼物这件事。画面的一角是雅德娜和我。她在吹竖笛,而我则躺在离她脚边不远的地毯上,地下室里一只幸福的黑豹。②

其次,与大多男性角色相反,这些女性在家庭生活中倡导倾听与理解,有着鲜明的对话意识。如《地下室里的黑豹》中小主人公的母亲就致力于解决父亲的个人中心主义问题,雅德娜则引导小主人公学会倾听与交流:

爸爸看看妈妈说:

"你儿子肯定发疯了。"(爸爸喜欢"肯定"一词,也喜欢"毋庸置疑"、"显然"、"确实"等词语。)

妈妈说:

---

① [以]阿摩司·奥兹:《地下室里的黑豹》,钟志清译,译林出版社2012年版,第101页。
② 同上书,第87页。

"你怎么就不能不侮辱他,想法弄清楚他要说什么呢?你从来就没真正听过他说话。也没有听过我说话。没听过任何人说话。你大概只听新闻广播。"①

"干吗不抽时间和他玩一会儿,别去跟他讲大道理?或至少和他说说话?说话,你记得吗?两个人坐在一起,他们都在说,都在听?都在努力弄明白对方的意思?"②

在实际生活中,人们要求各种东西,但方式不对。而后,他们不再提要求,只是付出与伤害。最后他们适应了,不再烦恼了,等这一切发生时,为时已晚。人生结束了。"③

女性因身处犹太社会的边缘地带,得以从各种胶着局面中抽离,以较为超脱的立场看待矛盾冲突,具备了一定程度上的"第三方"特点。这些女性虽未身处舆论的中心,却能激发被影响者和读者的理性。所以有学者称,"奥兹小说中所有的这些紧张关系在发展到一定程度时都会转入溶解、消散。他用女性的直觉校正男性的理智,用孩子的单纯反衬成人的算计;女性在奥兹的笔下永远扮演着质疑政治和暴力、削弱其杀伤力的角色,为复国主义这柄危险的防身佩剑戴上剑鞘"④。

2. 男性的自觉

要建立两性的主体间关系,"从合理的性别立场出发,男性和

---

① [以] 阿摩司·奥兹:《地下室里的黑豹》,钟志清译,译林出版社2012年版,第8页。
② 同上书,第106页。
③ 同上书,第153页。
④ 云也退:《阿摩司·奥兹的梦想》,《书城》2008年第3期。

女性都既要守护自我的主体意识,拒绝自我生命的奴役状态;又要尊重异性的主体性,防止自我的主体霸权,不断用主体间的关系意识来校正任何一种主体霸权。"① 奥兹屡次通过小说人物呼吁男性破除其自身的霸权,在两性主体间关系的构建过程中做出努力。

首先,男性要自觉将女性视为与自己平等的群体。《爱与黑暗的故事》中深受女性欢迎的亚历山大声称:"我一向对女人感兴趣……是作为人的女人。""我一辈子都在观察女人……只是满怀敬意地看着她。"② 而范妮娅自杀前告诫年幼的儿子:"女人与男人之间的友谊比爱情更为宝贵珍奇。"③《地下室里的黑豹》中,雅德娜声明:

"我弟弟,"她说,"你的朋友,永远不会有朋友。尤其不会有女朋友。只有臣民。还有女人。他会有很多女人,因为世界上到处是可怜的无耻之徒,拜倒在专横之人的脚下。但是他不会有女性朋友。给我倒杯水好吗,普罗菲?不要从水龙头那儿接,从冰箱里拿。实际上,我并不渴。你将有女性朋友。我告诉你原因。因为不管人家给你什么,即使只给你一个面包卷,或者一张餐巾纸,或者一把茶勺,你的样子都像在接受一件礼物。好像发生了奇迹似的。"④

---

① 李玲:《主体间性与中国现代男性立场》,《河南大学学报》(社会科学版)2006年第2期。
② [以]阿摩司·奥兹:《爱与黑暗的故事》,钟志清译,译林出版社2007年版,第121页。
③ 同上书,第512页。
④ [以]阿摩司·奥兹:《地下室里的黑豹》,钟志清译,译林出版社2012年版,第154页。

其次，要尊重、探索并认可女性群体的差异性。作家自己也让作品人物致力于此。作家坦言，"《了解女人》也让我感到十分亲近。因为这部书写一个男人对自己内在世界进行深入探索的故事，写他对与之相依为命的几个女性了解认知的过程。这对一度是摩萨德特工的人来说绝非易事，但约珥意识到了这一点，他试图去了解母亲、岳母、女儿及故去的妻子。这是他自我意识萌醒过程中的一个飞跃。"[1] 他也让93岁的亚历山大坦言："女人在哪方面恰好与我们一样，在哪方面非常非常不同……我依然在探讨。"[2] 费玛年迈的父亲直言："从某些方面来说……女人和我们男人没什么两样；但从其他方面来说，男人和女人又是截然不同的。至于哪些方面一样，哪些方面又不一样——这是我正在研究的问题。"[3]

奥兹擅长设身处地，立足于人物所处情境，站在写作对象的立场进行写作。"我不想百分之一百五十属于某个地方。我喜欢观察，倾听，我只想百分之六十五，甚至是百分之十地属于一个地方。""我总是想办法把自己想象成某人，想象自己在他的处境中该怎么做。如果一个人没有这种能力，那么他连角色之间最简单的对话也无法写出来。一个作者应该存在在每个角色里，所以在我的作品中没有好人和坏人。"[4] 奥兹的这一自觉意识也投射在

---

[1] 钟志清：《以色列文坛之音：奥兹访谈之一》，见钟志清《"把手指放在伤口上"：阅读希伯来文学与文化》，中央编译出版社2010年版，第175页。
[2] [以] 阿摩司·奥兹：《爱与黑暗的故事》，钟志清译，译林出版社2007年版，第121页。
[3] [以] 阿摩司·奥兹：《费玛》，范一泓、尉颖颖、徐惟礼译，译林出版社2001年版，第183页。
[4] [美] 吉塞拉·达克斯：《在我眼中，以色列是一个正在成熟中的少女》，陆志宙译，《译林》2007年第5期。

作品中，其部分男性角色开始觉醒，开始学习设身处地，立足于女性所处的情境与立场去处理两性关系问题。如小说《沙海无澜》中的约拿单经历了"躁动—出走—回归"式的人生探索后，逐渐成熟并开始思索自己与妻子间的关系问题，逐渐认识到了自己之前在两人关系中所扮演的角色。

> 我怎么从来没有为她流过泪呢？每当丽蒙娜想谈论自己时，我为什么总要叫她闭嘴呢？她在我眼中只是个孩子。我怎么会忘记了她在生埃弗莱特前两年的那次怀孕呢？得啦，我冲她吼道，我们现在要孩子太早了。就我们俩生活在一起挺好的，我可没义务为我父亲生一大帮孩子，也不希望我的父母和我们一起睡。于是，一天早晨她去了海法，回来的时候孩子已经打掉了。我给她买了一张唱片作为礼物。整整五天，她什么也没做，只是反反复复地听那张唱片。那个叙利亚医生后来告诉我们，埃弗莱特之所以生下来是个死婴，就是因为前面的那次流产。他让我们暂时不要孩子，丽蒙娜能挺过来已是万幸了。是我亲手杀死了我的两个孩子。我还逼疯了我的妻子。"乍得的魔力"就是这样开始的。①

在另一部小说《等待》中，本尼·阿维尼曾一意孤行坚持让娜娃打掉孩子，婚后对娜娃和女儿们走廊上的低声谈话从不关

---

① [以] 阿摩司·奥兹：《沙海无澜》，姚乃强、郭涛译，译林出版社1999年版，第319—320页。

心。他根本不知道也从来不想去了解娜娃的内心世界。但妻子离开后，本尼坐在妻子经常坐的长凳上，对自己以往的心理、态度和行为进行了深刻的反思。小说的结尾意味深长：本尼开始真正进入妻子的世界。

结　语

女性镜像与自我确认

"奥兹一辈子都在思考女人,并透过女性的视角描绘紧张——家庭中的紧张,历史和政治中的紧张,后者在前者之中得到反射:历史就存在于家庭中,政治就存在于夫妻之间。"[1] 奥兹小说中犹太女性的生存困境具有一定程度上的普遍意义。被迫移民巴勒斯坦的欧洲犹太人在欧洲和巴勒斯坦都处于客体地位,女性又是相对于男性主体的客体,故被迫移民巴勒斯坦的欧洲犹太女性兼具了至少三重客体身份特征,其生存困境浓缩并影射了女性、犹太人和其他被边缘化群体所面临的种种问题。奥兹小说借此反映了广泛意义上的主客体二元对立问题,并为该问题的解决提供了一定的启示。

尽管非常深入地思考了女性的生存状况问题,但身为男作家的奥兹并不能真正开启女性的语言系统。拉康用"镜像"这一概念来阐释主体的形成过程:儿童通过镜中的形象确认自身并获得

---

[1] 云也退:《阿摩司·奥兹的梦想》,《书城》2008 年第 3 期。

整体性，该"镜像阶段"的完成依赖于想象；在主体趋向于整体性和自主性的这一努力中，自我的对应物发挥着重要作用。"'镜像'常常是在视角定格之后，应证着线索、含蕴着意义的外在化了的文学形象"[①]，奥兹小说中的女性镜像印证了作家的理性思考。如邱华栋曾称"《了解女人》是一个男人发现自我之书，在他逐渐了解生活和女人的真相的时候，他也找到了他自己存在的意义和生活的意义。"[②] 如果以奥兹的对话逻辑和"镜像"原理来推论，奥兹小说中身处第二性与认同困境中的女性在担负规约文本意义这一责任的同时，还因承载着作家的个人思考而成为其对话尝试与主体间性探索的载体，成为其对自身男性、犹太人、知识分子三重身份进行确认的"镜像"。

[①] 惠雁冰：《复合视角·女性镜像·道德偏向——论抗美援朝文学中的"朝鲜叙事"》，《人文杂志》2007年第7期。
[②] 邱华栋：《阿摩司·奥兹：以色列人的记忆与形象》，《西湖》2010年第11期。

主要参考文献

刘思谦:《女性文学这个概念》,《南开学报》(哲学社会科学版) 2005 年第 2 期。

刘思谦:《性别理论与女性文学研究的学科化》,《文艺理论研究》 2003 年第 1 期。

李简瑗:《阿尔莫多瓦的女性镜像与后女性主义》,《电影文学》 2006 年第 14 期。

吴海进:《"风格即人"的人学价值——论布封的创作主体观》, 《艺术百家》2010 年第 1 期。

师彦灵:《再现、记忆、复原——欧美创伤理论研究的三个方面》, 《兰州大学学报》(社会科学版) 2011 年第 2 期。

洪汉鼎:《伽达默尔的前理解学说》(上),《河北学刊》2008 年 第 1 期。

[美] 吉塞拉·达克斯:《在我眼中,以色列是一个正在成熟中的 少女》,陆志宙译,《译林》2007 年第 5 期。

杨青:《从心理层面看性别角色差异对女性的影响》,《社会》2004 年第 1 期。

聂琴：《女性教育与女性社会化之路》，《思想战线》2003 年第 5 期。

吴颖：《"看"与"被看"的女性——论影视凝视的性别意识及女性主义表达的困境》，《浙江社会科学》2012 年第 5 期。

杨魁、董雅丽：《消费主义文化的符号化解读》，《现代传播》2003 年第 1 期。

张容南、卢风：《消费主义与消费伦理》，《思想战线》2006 年第 2 期。

赵思运：《呻吟中的突围——女性诗歌对男权镜像的解构与颠覆》，《文艺争鸣》2001 年第 1 期。

高小弘：《"恋父"、"审父"与女性的个体成长——以陈染的小说为例》，《河北师范大学学报》（哲学社会科学版）2007 年第 7 期。

贺璋瑢：《古代犹太女性的社会地位探析——从女性在政治与宗教生活中的参与之视角》，《暨南学报》（哲学社会科学版）2012 年第 7 期。

乔国强：《辛格笔下的女性》，《外国文学评论》2005 年第 1 期。

肖飚：《从互文性视角解读辛西娅·欧芝克小说中的女性表征》，《外语教学》2014 年第 5 期。

徐善伟：《男权重构与欧洲猎巫运动期间女性所遭受的迫害》，《史学理论研究》2007 年第 4 期。

贺璋瑢：《西欧中世纪的女性观浅探》，《学术研究》2004 年第 9 期。

宋立宏、王艳：《从"自我教化"到同化：近代柏林的沙龙犹太妇女》,《学海》2012 年第 5 期。

钟志清:《黛沃拉·巴伦:把情感和细腻带入干巴巴的希伯来语》,《中国图书评论》2009 年第 4 期。

王希恩:《民族认同与民族意识》,《民族研究》1995 年第 6 期。

王建民:《民族认同浅议》,《中央民族学院学报》1991 年第 2 期。

崔新建:《文化认同及其根源》,《北京师范大学学报》(社会科学版)2004 年第 4 期。

云也退:《阿摩司·奥兹的梦想》,《书城》2008 年第 3 期。

王欣:《文学中的创伤心理和创伤记忆研究》,《云南师范大学学报》2012 年第 6 期。

钟志清:《大屠杀记忆与以色列的意识形态》,《西亚非洲》2015 年第 6 期。

钟志清:《希伯来语复兴与犹太民族国家建立》,《历史研究》2010 年第 2 期。

钟志清:《"艾赫曼审判"与以色列人对大屠杀的记忆——读阿伦特〈艾赫曼在耶路撒冷〉》,《中国图书评论》2006 年第 4 期。

郭湛:《从主体性到公共性——当代中国马克思主义哲学的走向》,《中国社会科学》2008 年第 4 期。

孙庆斌:《哈贝马斯的交往行动理论及重建主体性的理论诉求》,《学术交流》2004 年第 7 期。

张再林:《关于现代西方哲学的"主体间性转向"》,《人文杂志》2000 年第 4 期。

章国锋:《哈贝马斯访谈录》,《外国文学评论》2000 年第 1 期。

郭湛:《论主体间性或交互主体性》,《中国人民大学学报》2001 年第 3 期。

王宏维：《论他者与他者的哲学——兼评女性主义对主体与主体性哲学的批判》，《江西社会科学》2004 年第 4 期。

李宗陶：《诺贝尔提名作家奥兹讲述好人之间的战争》，《南方人物周刊》2007 年第 23 期。

郑丽：《生活乃是对话——阿摩司·奥兹〈等待〉中的对话哲学》，《外国文学》2010 年第 2 期。

钟志清：《旧式犹太人与新型希伯来人》，《读书》2007 年第 7 期。

李玲：《主体间性与中国现代男性立场》，《河南大学学报》（社会科学版）2006 年第 2 期。

惠雁冰：《复合视角·女性镜像·道德偏向——论抗美援朝文学中的"朝鲜叙事"》，《人文杂志》2007 年第 7 期。

［以］伊里丝·帕鲁士：《19 世纪东欧犹太社区中的女读者》，钟志清译，《中国图书评论》2009 年第 4 期。

康慨：《阿摩司·奥兹：文学永远是化敌为友的桥梁》，《中华读书报》2007 年 10 月 31 日。

钟志清：《阿摩司·奥兹以写作寻求心灵宁静》，《中华读书报》2007 年 8 月 29 日。

邢宇皓：《阿摩司·奥兹：在爱与黑暗中独自穿行》，《光明日报》2007 年 9 月 18 日。

［以］阿摩司·奥兹：《沙海无澜》，姚乃强、郭鸿涛译，译林出版社 1999 年版。

［以］阿摩司·奥兹：《我的米海尔》，钟志清译，译林出版社 1998 年版。

［以］阿摩司·奥兹：《爱与黑暗的故事》，钟志清译，译林出版社2007年版。

［以］阿摩司·奥兹：《鬼使山庄》，陈腾华译，南海出版公司2006年版。

［以］阿摩司·奥兹：《了解女人》，柯彦玢、傅浩译，译林出版社2007年版。

［以］阿摩司·奥兹：《费玛》，范一泓、魏颖颖、徐惟礼译，译林出版社2012年版。

［以］阿摩司·奥兹：《黑匣子》，钟志清译，上海世纪出版集团、上海译文出版社2004年版。

［以］阿摩司·奥兹：《何去何从》，姚永彩译，译林出版社1998年版。

［以］阿摩司·奥兹：《忽至森林深处》，钟志清译，译林出版社2012年版。

［以］亚伯拉罕·B.约书亚：《三天和一个孩子》，陈贻绎译，中国社会科学出版社1994年版。

［以］格尔绍恩·谢克德：《现代希伯来小说史》，钟电清译，商务印书馆2009年版。

童庆炳：《文学理论教程》（修订版），高等教育出版社1998年版。

赵炎秋：《西方文论与文学研究》，湖南师范大学出版社2003年版。

肖宪：《中东国家通史以色列卷》，商务印书馆2001年版。

刘洪一：《犹太文化要义》，商务印书馆2004年版。

李银河：《女性权力的崛起》，中国社会科学出版社1997年版。

方生：《后结构主义文论》，山东教育出版社1999年版。

［美］朱蒂斯·赫曼：《创伤与复原》，杨大河译，台北时报文化出版公司 1995 年版。

徐新：《犹太文化史》，北京大学出版社 2006 年版。

朱立元：《当代西方文艺理论》，华东师范大学出版社 1997 年版。

罗蒂：《后哲学文化》，上海译文出版社 1992 年版。

［法］西蒙娜·德·波伏娃：《第二性》，陶铁柱译，中国书籍出版社 1998 年版。

梁工：《圣经时代的犹太社会与民俗》，宗教文化出版社 2005 年版。

潘光、余建华、崔志鹰等：《世界文明图库·犹太之旅》，上海文艺出版社 2002 年版。

［英］查姆·伯曼特：《犹太人》，冯玮译，上海三联书店 1991 年版。

孙国华：《中华法学大辞典·法理学卷》，中国检察出版社 1997 年版。

陈恒、耿向新：《新史学》第八辑，大象出版社 2007 年版。

［美］W. 考夫曼：《存在主义》，陈鼓应、孟祥森译，商务印书馆 1987 年版。

（台湾）中研院：《民族学研究所集刊》，（台湾）"国家"图书馆出版社 1992 年版。

张京媛：《当代女性主义文学批评》，北京大学出版社 1992 年版。

钟志清：《"把手指放在伤口上"：阅读希伯来文学与文化》，中央编译出版社 2010 年版。

Hélène Cixous, "Castration or Decapitation?", trans. Annette Kuhn, *Signs: Journal of Women in Culture and Society*, Vol. 7, No. 1,

1981.

Cathy Caruth, *Unclaimed Experience: Trauma, Narrative and History*, Baltimore and London: Johns Hopkins University Press, 1996.

Lacapra Dominick, *Writing History, Writing Trauma*, Baltimore: Johns Hopkins University Press, 2001.

Erikson Kai, "Notes on Trauma and Comunity", *Trauma: Explorations in Memory*, ed. Cathy Caruth, Baltimore and London: Johns Hopkins University Press, 1995.

Sigmund Freud, *Beyond the Pleasure Principle*, London: Hogarth, Vol. 18, 1961.

Michelle Balaev, "Trends in Literary Trauma Theory", *Mosaic*, Vol. 41, No. 2, 2008.

Jonathan Schroeder, "Consuming Representaton: a Visual Approach to Consumer Rearch", in *Representing Cosumers: Voices, Views and Visions*, Barbara Stern, ed., London: Routledge, 1998.

Leonard J. Swidler, *Women in Judaism: The Status of Women in Formative Judaism*, Metuchen, N. J. : Scarecrow Press, 1976.

Susan Weidman Schneider, *Jewish and Female: Choices and Changes in Our Lives Today*, New York: Simon and Schuster, 1984.

Judith Romney Wagner, The Image and Status of Women in Classical Rabbinic Judaism, In *Jewish Women in Historical Perspective*, ed. Judith R, Baskin, Detroit: Wayne State University Press, 1991.

Tova Rosen, *Unveiling Eve: Reading Gender in Medievil Hebrew Litera-*

ture, Philadelphia: University of Pennsylvania Press, 2003.

Iris Parush, *Reading Jewish Women, Marginality and Modernization in Nineteenth-Century Eastern European Jewish Soeiety*, Lebanon, NH: Brandeis University Press, 2004.

Robert M. Seltzer, *Jewish People, Jewish Thought: the Jewish Experience in History*, New York: Macmillan Publishing Co. Inc., 1980.

Jacob Katz, "German Culture and the Jews", in the Jewish Response to German Culture from the Enlightenment to the Second World War, eds. Jehuda Reinharz and Walter Schatzberg, *Arbitrium*, Vol. 5, No. 3, 1987.

后　记

　　对犹太历史、宗教、文化与文学的关注和了解始于梁工先生的课堂。百年老校河南大学的校园古朴幽静，朱红色的老式10号教学楼坐落其中。我们总会记得再提前一点跑向里面的某个教室，争取抢先占领前排的"战略要地"，然后于书香中静待梁先生。衣着朴素的梁先生如期而至，并将东方文学的大门徐徐打开，瑰丽景象随即展现。其时的梁先生逸兴遄飞，神采飞扬。某一天，我们惊奇地发现了一个与上帝立下契约，但颠沛流离、灾难重重的民族，这个民族创造了东西方文化的源头活水、奇迹般地重生并影响了全世界。之后，"犹太""希伯来"与"以色列"诸词便成为吸引我们注意力的焦点。

　　与阿摩司·奥兹结缘始于2007年12月15日的北京大学之行。导师孟昭毅先生、甘丽娟女士和黎跃进等先生赴北京大学参加"东方文学经典与翻译"学术研讨会，带了一众研究生去旁听，好让我们一睹大家们的风范，请学术巨擘们指点迷津。会议在东方文学研究中心举行，与会大师们宽广的学术视野和严谨的治学精神深深震撼了我。中国社会科学院外国文学研究所的钟志清博士发言，题目为"关于奥兹在中国的经典化问题（初稿）"。其时我坐黎跃进先生下首，黎老师知道我正为学位论文的选题苦恼，就建议我选择国内研究并不深入的某个领域，例如奥兹作品进行研究。对奥兹的关注与研究从会议之后逐渐展开。

十年的时间里，研究断断续续，零零星星的小文章发表了十篇，但都羞于示人。读博生涯开始后，在导师张胜冰先生的建议下，我开始着手整理已有的研究内容，阅读相关理论，尝试较系统地阐释对奥兹作品的理解。

书稿付梓之际，感谢先生的付出、女儿的慰藉及亲朋们给予的种种关怀。感谢熊瑞等编辑老师的指导与支持。感谢伏牛山文化圈研究中心与新闻传播学院领导的关怀和支持。